呼んだ娘 3

魔女の産屋

柏葉幸子・作
佐竹美保・絵

講談社

竜《りゅう》が呼《よ》んだ娘《むすめ》

3

魔女《まじょ》の産屋《うぶや》

もくじ

竜《りゅう》が呼《よ》んだ娘《むすめ》　魔《ま》女《じょ》の産屋

おもな登場人物

ミア……十歳《さい》の女の子。竜《りゅう》に呼《よ》ばれて王宮に来た。
ウスズの屋敷《やしき》で部屋子をしている。

ウスズ……伝説《でんせつ》の勇者《ゆうしゃ》、竜騎士《りゅうきし》。
何百年もの間、呪《のろ》いをかけられ姿《すがた》を変《か》えられていた。

星《ほし》の音《ね》……ウスズの奥方で魔女。
ウスズの命を救うため仲間を裏切り、姿を変えられていた。

コキバ……宝物殿《ほうもつでん》のダイヤモンドのかたまりから生まれた男の子。
ミアによって命を救《すく》われた。

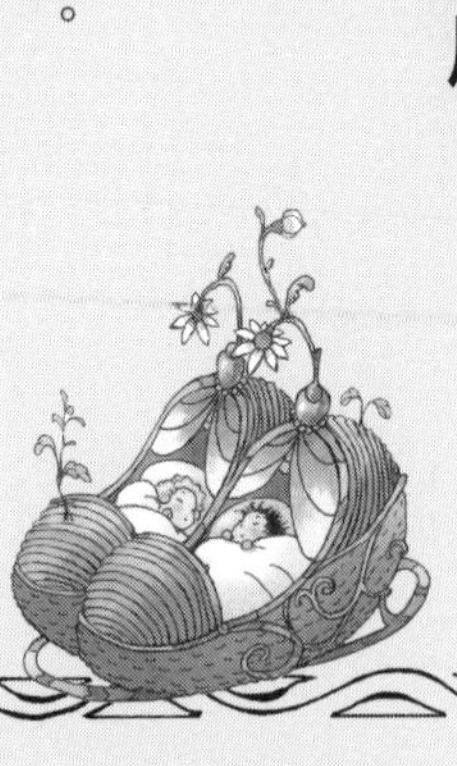

マカド……王宮の宝物殿《ほうもつでん》を守っている王族の女性《じょせい》。
人嫌《ひとぎら》いだがミアを気にいっている。

オゴ……マカドの執事《しつじ》。老齢《ろうれい》の男性《だんせい》。
マカドのことを自分の娘《むすめ》のように思っている。

五爪《ごづめ》……かつてミアが、けがの治療《ちりょう》をした五本爪《ほんづめ》の竜《りゅう》。
王宮の竜《りゅう》に選《えら》ばれ、訓練《くんれん》をしている。

銀《ぎん》の羽《はね》……魔女《まじょ》の長老《ちょうろう》。
地に足をつけるのを嫌《きら》い、ほうきにまたがって移動《いどう》する。

鬼食《おにく》い……王宮の若《わか》い魔女《まじょ》。繭《まゆ》の里《さと》を故郷《こきょう》にもつ。
星の音の出産《しゅっさん》を手伝《てつだ》っていたが……。

ハタヤ……繭の里にある天蓋《てんがい》の都《みやこ》をたばねている、華奢《きゃしゃ》な男性《だんせい》。
鬼食いを「姉上」と呼《よ》ぶ。

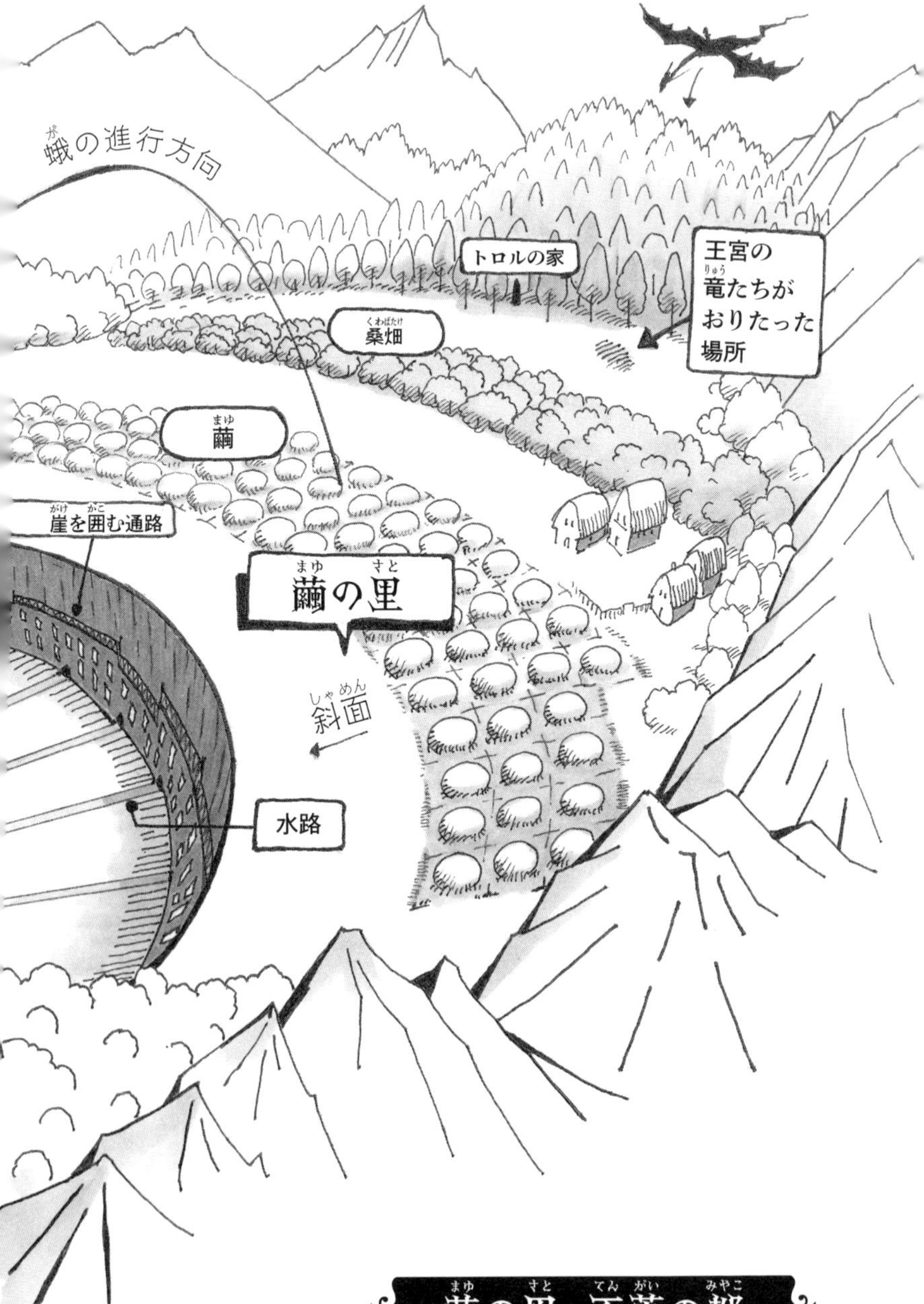

繭《まゆ》の里《さと》・天蓋《てんがい》の都《みやこ》

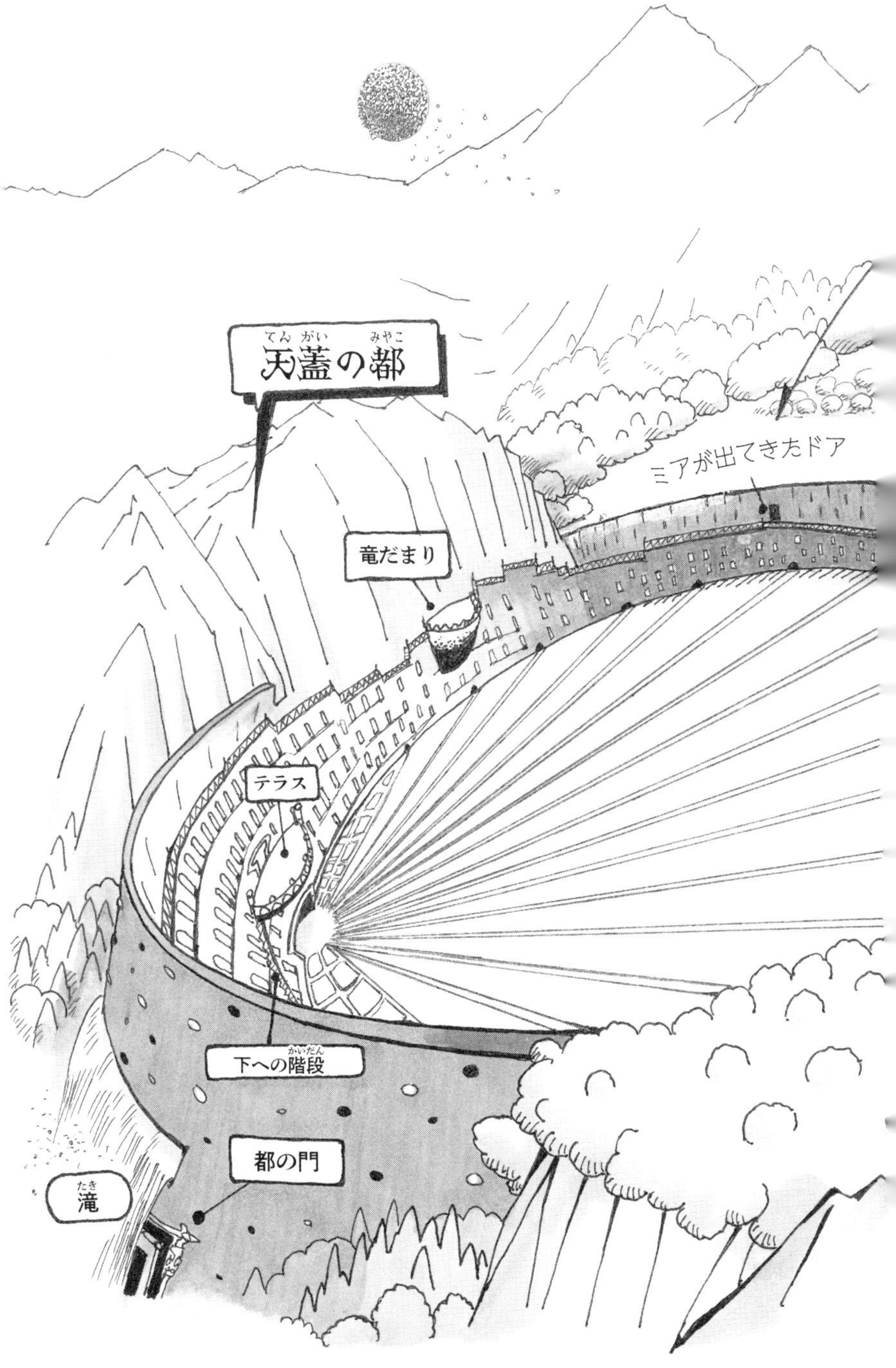

天蓋《てんがい》の都《みやこ》
竜だまり
ミアが出てきたドア
テラス
下への階段《かいだん》
都の門
滝《たき》

第一章 星《ほし》の音《ね》の産屋《うぶや》

夜明け前。王宮の奥《おく》むきの廊下《ろうか》を、ランプをさげた老人《ろうじん》がはや足で歩いている。髪《かみ》を短く刈《か》りあげた宝物殿《ほうもつでん》の執事《しつじ》のオゴだ。

王宮は王族たちが暮《く》らす奥《おく》むきと、竜騎士《りゅうきし》や魔女《まじょ》たちが暮《く》らす崖側《がけがわ》とが、深い亀裂《きれつ》でへだてられている。オゴが進む奥《おく》むきの廊下《ろうか》の左側《ひだりがわ》に王族たちそれぞれの屋敷《やしき》が並《なら》び、右側《みぎがわ》は亀裂《きれつ》にそった手すりがつづく。

王族の屋敷《やしき》の番兵《ばんぺい》たちが、こんな時間に廊下《ろうか》を行くオゴに、あくびをかみころして頭を下げた。

オゴは、奥《おく》むきと崖側《がけがわ》をつなぐ亀裂《きれつ》にかけられた橋をわたり、崖側《がけがわ》へ出るためのトンネルに入った。

王宮は、切り立った断崖《だんがい》に斜《なな》めに入った巨大《きょだい》な瑠璃《るり》の鉱脈《こうみゃく》をほりこんでつくられている。日がのぼれば青くかがやく王宮も、今はトンネルをぬけても薄暗《うすぐら》いだけだ。

トンネルの先は、竜《りゅう》たちが一度に何十頭もおり立てる広いテラスだ。崖側《がけがわ》は、そのテラスを境《さかい》に竜騎士《りゅうきし》たちが竜《りゅう》と暮《く》らす日の棟《とう》と、魔女《まじょ》たちが暮《く》らす月の棟《とう》にわかれる。日のある空を竜《りゅう》が飛《と》び、月のある空を魔女《まじょ》が飛《と》ぶのだ。

オゴは、月の棟《とう》のはしにある竜騎士《りゅうきし》ウスズ様の屋敷《やしき》をめざしている。竜騎士《りゅうきし》でも、ウスズ様の屋敷《やしき》だけが月の棟《とう》にある。斜《なな》めに下へむかう廊下《ろうか》なせいか、オゴの足に加速《かそく》がついたようだ。

ウスズ様の奥方《おくがた》、魔女《まじょ》「星の音」のお産《さん》が始まったと宝物殿《ほうもつでん》へ知らせがとどいたのは三日前だ。なのに、まだ生まれたとの知らせはない。オゴは、宝物殿《ほうもつでん》の主《あるじ》マカド様の命《めい》をうけ、この三日、何度かウスズ様の屋敷《やしき》へ通っていた。

「わらわとておなごじゃが、子を産《う》んだことはない。こんなに時がかかるものかのぉ？」

若《わか》いころは、竜騎士《りゅうきし》になりたかったというマカド様も、不安《ふあん》を隠《かく》せないようだ。

執事《しつじ》のオゴがわざわざ出むかずとも、部屋子の誰《だれ》かをよこせばよさそうなものなのに、オゴは老骨《ろうこつ》にむちうって長い廊下《ろうか》を転がるように急ぐ。オゴ自身、宝物殿《ほうもつでん》でじっと待ってなどいられない。行ったり来たりして動いているほうがまだ気がまぎれる。今も、目がさめてしまい廊《ろう》下《か》へ飛《と》びだしていた。

何百年も前、王座《おうざ》をかけて斧《おの》の民《たみ》と弓の民《たみ》が戦《たたか》った。何十年もつづく戦《たたか》いで勝利《しょうり》をおさめたのが斧《おの》の民《たみ》だ。その勝因《しょういん》となったのが伝説《でんせつ》の勇者《ゆうしゃ》・竜騎士《りゅうきし》ウスズ様と、その奥方《おくがた》となった弓の民《たみ》の魔女《まじょ》、星の音だ。二人は敵《てき》どうしとして出会い恋《こい》におちた。

星の音は、思い人のウスズ様の命を助けるために弓の民《たみ》を裏切《うらぎ》った。そのおかげで斧《おの》の民《たみ》が王座《おうざ》についたが、ウスズ様と星の音は、その報復《ほうふく》として弓の民《たみ》の魔女《まじょ》に何百年もの間、呪《のろ》いをかけられていた。

星の音は、燃《も》えあがっては色を変《か》える宝石《ほうせき》になり、何百年もの間、この世界をさまよっていた。

ウスズ様は、小さな麻袋《あさぶくろ》に姿《すがた》を変《か》えられ、月の棟《とう》のはしに追いやられたせまい屋敷《やしき》で、夜な夜な泣《な》いてばかりいた。

誰《だれ》もいないのに泣《な》き声《ごえ》がきこえる。気味悪がられ幽霊屋敷《ゆうれいやしき》と呼《よ》ばれていたウスズ様の屋敷《やしき》へ、部屋子としてつれてこられたのがミアだ。

ミアは罪人《つみびと》が暮《く》らす牢獄《ろうごく》がわりの深い谷底《たにぞこ》の村から、十歳《さい》になった去年、竜《りゅう》に呼《よ》ばれてやってきた。そのミアのおかげでウスズ様と星の音の呪《のろ》いはとけ、何百年ぶりに姿《すがた》をとりもどしたのだ。

罪人《つみびと》の暮《く》らす谷底《たにぞこ》の村から来たミアを、王宮では名前ではなく「谷の子」と呼《よ》ぶ。罪人《つみびと》といっても、ミアは何も悪いことをしたわけではない。斧《おの》の民《たみ》と戦《たたか》った弓の民《たみ》の子孫《しそん》というだけだ。

それを知った星の音は、「自分も弓の民《たみ》だ。谷の子と呼《よ》ぶわけにはいかない」と、いくらウスズ様にしかられても、最初《さいしょ》からミアと呼《よ》んでいる。オゴは、そんな星の音を好《この》ましく思っていた。

オゴは、星の音だけではなく谷の子のミアも気にいっている。気むずかしい自分の主《あるじ》マカド様とむきあって一歩もひかなかった。無鉄砲《むてっぽう》だと思いながら、そのひたむきさを応援《おうえん》せずにはいられない。ミアは、宝物殿《ほうもつでん》のダイヤモンドのかたまりから生まれたコキバという男の子の命を守りぬいた。

ミアのおかげでというか、ミアの暮《く》らすウスズ様の屋敷《やしき》の人たちのおかげで、人嫌《ひとぎら》いとささやかれ、冷《つめ》たい仮面《かめん》をはりつけたようだったマカド様が、このごろ、声をたてて笑《わら》う。マカド様を自分の娘《むすめ》のように思うオゴは、それがうれしくてたまらないのだ。

「まだ生まれませぬか？」

オゴは、ウスズ様の屋敷《やしき》の竜《りゅう》だまりへかけこんだ。

屋敷《やしき》の前に、お湯をふきだす噴水《ふんすい》をもつ竜《りゅう》だまりがある。そこに、ウスズ様の竜《りゅう》がとぐろを巻《ま》いて寝《ね》ているのだが、ここ三日は、敷物《しきもの》やいすがもちだされている。でも、誰《だれ》もそこへすわってなどいない。ウスズ様とコキバが竜《りゅう》だまりの手すりにしがみつくようにして、宙《ちゅう》をにらんでいる。

後ろからみると竜騎士《りゅうきし》のウスズ様と、ダイヤモンドのかたまりから生まれたコキバは、大きさこそちがえよく似《に》ている。どちらも黒髪《くろかみ》のせいだろうか？　まるで兄弟のようだ。

コキバが、まだですと、オゴにふりむいて首をふってみせる。オゴも二人がみているものへ目をやった。

竜《りゅう》だまりの外の空中に、月とみまがう大きな球体が浮《う》いている。これが星の音の産屋《うぶや》だ。

魔女《まじょ》は子を産《う》むとき、自分のほうきの穂先《ほさき》を葦《あし》に編《あ》みこんで球体をつくる。その球体は自分が入れるほどの大きさで、その中でお産《さん》をする。それを魔女《まじょ》の産屋《うぶや》と呼《よ》ぶ。

魔女《まじょ》が子を産《う》もうとするエネルギーを吸《す》いこんで、枯《か》れていた葦《あし》やほうきの穂先《ほさき》が緑色にもどる。その緑色の球体は、森の木々の間に隠《かく》れるように浮《う》く。子を産《う》むために無防備《むぼうび》になる自分と生まれてくる子を、敵《てき》やけものから守るためだという。

星の音は呪《のろ》いからさめて姿《すがた》をとりもどしたばかりだったし、ウスズ様の奥方《おくがた》になり、ほうきででかける用事もなかった。星の音は自分のほうきをあつらえるひまもなく身ごもっていた。

それで、王宮の魔女《まじょ》たちが自分のほうきの穂先《ほさき》をひと房《ふさ》ずつさしだした。ここ何百年の間、王宮での魔女《まじょ》のお産《さん》は初《はじ》めてだという。

できあがった星の音の産屋《うぶや》をみた王宮の魔女《まじょ》の長老《ちょうろう》・銀《ぎん》の羽《はね》は、

「なんとみごとな！　こんな立派《りっぱ》な産屋《うぶや》をみたのは初《はじ》めてぞ」

と、目をみはった。

王宮のまわりに森はなく、まして産屋《うぶや》をねらうけものもいない。星の音の産屋《うぶや》は、ウスズ様の竜《りゅう》だまりの外で宙《ちゅう》に浮《う》いていた。中に星の音とお産《さん》の手伝《てつだ》いの魔女《まじょ》が二人、ミアも入っている。それほど大きいのだ。

魔女《まじょ》たちがほうきの穂先《ほさき》につかったそれぞれの植物が緑にもどり、最初《さいしょ》は緑の葉が外側《そとがわ》をお

おうだけだったが、この三日で芽《め》をつけ、今は花が咲《さ》いていた。色とりどりの花をつけた産屋《うぶや》は、巨大《きょだい》な薬玉《くすだま》だ。その花たちの香《かお》りが竜《りゅう》だまりまでとどいて、まるでむせかえるようだ。

「そろそろかとは思うのですが――」

ウスズ様のもう一人の部屋子のテムが、息を切らせているオゴにいすをすすめた。

テムは、がっしりとした体格《たいかく》の無口《むくち》な中年の男で、王宮のてっぺんにある薬草畑の手入れもしている。

「ウスズ、ひげぐらいそりなさいよ。そんなじゃ、赤子が生まれてもほおずりもできやしないでしょ」

竜《りゅう》だまりに寝《ね》そべっていたウスズ様の竜《りゅう》が声をかけた。竜《りゅう》の声は頭の中にきこえる。ウスズ様の竜《りゅう》は女の人の声だ。ウスズ様の竜《りゅう》とウスズ様は姉と弟のようだ。

さすがのウスズ様も、三日三晩《ばん》寝《ね》る余裕《よゆう》もなかったせいかひどく疲《つか》れている。眠《ねむ》っていないだけではなく、心配で食欲《しょくよく》もないのか食べてもいない。ウスズ様の竜《りゅう》に言葉をかえす気力もないようだ。ウスズ様のかわりにというように、

「ミアの奴《やつ》、中の様子を教えに出てきたらいいのに」

気がきかない奴《やつ》だとコキバがつぶやいた。

テムが屋敷《やしき》へ入っていく。ウスズ様のひげそりの道具をとりに行ったらしい。

テムと入れかわるように、

「まだか？」

と、宝物殿《ほうもつでん》のマカド様が姿《すがた》をあらわした。

マカド様も、気になって目がさめてしまったらしい。起きぬけらしいが、明るいくり色の髪《かみ》をきちんと編《あ》みこんで、いつもの真っ白いチュニック*で、腰《こし》には斧《おの》をさしたりりしい姿《すがた》だ。

「あらあら」

ウスズ様の竜《りゅう》が、あきれたと声をあげる。

「わらわも、ここで待つ！」

いすにすわりこんでしまったマカド様に、それがよろしゅうございます、とオゴがうなずいている。

屋敷《やしき》からもどってきたテムが、マカド様に気がついてあわてている。マカド様が宝物殿《ほうもつでん》から出てくるなど、めったにないことなのだ。

＊チュニック…丈《たけ》の長い上着

「みなさまの朝食のしたくを」

テムがそういったとき、夜が明けた。

はるかむこうにみえる山々の間に、太陽の光がみえた。

それと同時に産屋《うぶや》から泣《な》き声《ごえ》がきこえた。

「おお！」

ウスズ様もコキバもマカド様もオゴもテムも、声にならない声をあげる。

泣《な》き声《ごえ》はどんどん大きくなっていく。

「生まれましたなぁ。おめでとうございまする」

オゴがウスズ様をみた。

「あ、ああ――」

ウスズ様は、ありがとうといいたかったらしいが、そのまま腰《こし》がぬけたように床《ゆか》にすわりこんでしまった。

「もう！　伝説《でんせつ》の勇者《ゆうしゃ》でしょう。だらしない。コキバ、たちあがらせなさい！」

ウスズ様の竜《りゅう》の声が飛《と》ぶ。

「だって三日だぞ！　そりゃ心配する」

コキバがウスズ様を、なんとかいすにすわらせている。

「わらわたちも、待ちくたびれた。とにかく、めでたい」

マカド様とオゴが、ほほえみあっている。


産屋《うぶや》が空中を動いて、竜《りゅう》だまりの手すりのそばへやってきた。みかんの皮をむくように産屋《うぶや》の一部分がゆっくりとめくれて、その先が橋のように竜《りゅう》だまりの手すりにかかる。その橋をわたってくるのはミアだ。

お産《さん》の手伝《てつだ》いで三《み》つ編《あ》みの髪《かみ》も少し乱《みだ》れてはいるが、満面《まんめん》の笑《え》みだ。目がうれしさにかがやいている。そのミアの両腕《りょううで》に、おくるみに包《つつ》まれた赤《あか》ん坊《ぼう》がいる。

「おどろかないでくださいね」

ミアは、自分が抱《だ》く赤《あか》ん坊《ぼう》をみおろして、

「男のお子様と女のお子様でございます」

と、産屋《うぶや》をふりかえった。

産屋《うぶや》の中に、赤《あか》ん坊《ぼう》をかかえなおしている手伝《てつだ》いの魔女《まじょ》がみえた。

「生まれたのは男の子と女の子。双子《ふたご》か！」

マカド様が、おおっと声をあげる。

ウスズ様が、いすから跳《と》び上《あ》がるように立った。

うなずきながら橋をわたってくるミアに、コキバが手をかした。竜《りゅう》だまりへおり立ったミアの腕《うで》の中を、ウスズ様やマカド様がのぞきこむ。

ほやほやした金色の髪《かみ》の、真っ赤な顔の赤《あか》ん坊《ぼう》が一人眠《ねむ》っている。

ウスズ様は感きわまったように、うんうんとうなずくだけだ。

「おお、小さいのお。かわいらしいのお」

マカド様とオゴがうなずきあう。

ウスズ様は、橋をわたってくる星の音に気がついた。ふっくら太ったおばさんの手伝《てつだ》いの魔《ま》女《じょ》にささえられ、真っ白な顔色だ。

「星の音、星の音！」

ウスズ様が声をかけながら星の音を抱《だ》き上《あ》げた。星の音は、ウスズ様の顔をみると、安心した様子で目をとじる。

「難産《なんざん》でございましたから、眠《ねむ》らせてあげてください」

星の音をささえていた手伝《てつだ》いの魔女《まじょ》が、休めば大丈夫《だいじょうぶ》だ、とうなずいた。

「とにかくよかった。御苦労《ごくろう》だった」

ウスズ様は、誰《だれ》へともなくつぶやきながら、産屋《うぶや》へ目をやる。

竜《りゅう》だまりにいた全員が、つづいて橋をわたってくるはずのもう一人の手伝《てつだ》いの魔女《まじょ》をみた。

若《わか》い小柄《こがら》な魔女《まじょ》は、もう一人の赤《あか》ん坊《ぼう》を抱《だ》いて産屋《うぶや》の出口近くにいた。みんな、その魔女《まじょ》も橋をわたってくるのだろうと待った。

なのに、その魔女《まじょ》はていねいに頭を下げた。まるで、何かをわびるようにみえた。

産屋《うぶや》の皮がめくれたような橋が、ばねじかけのように元にもどった。産屋《うぶや》はまだ薬玉《くすだま》だ。そして、恐《おそ》ろしいスピードで竜《りゅう》だまりからはなれていく。

みんな何が起こったのかわからずに、一瞬《いっしゅん》産屋《うぶや》を目で追うだけだ。

「ウスズ！」

ウスズ様の竜《りゅう》が叫《さけ》んだ。

ウスズ様ははっとしたように、抱《だ》きかかえていた星の音をテムにあずけた。そして、ウスズ様の竜《りゅう》にまたがって竜《りゅう》だまりを飛《と》びだしていく。

「あの魔女《まじょ》め、赤子をさらいおったぞ」

マカド様が、やっと言葉が出たというようにつぶやいて、産屋《うぶや》の消えたほうを指さしている。

言葉にされて、ミアも、やっと何が起こったかわかった。自分が抱《だ》いている赤ん坊《あかぼう》をとられまいとするように、しっかりと抱《だ》きなおす。

「竜騎士《りゅうきし》のみなさまにも助太刀《すけだち》をお願《ねが》いしてまいります」

オゴが、日の棟《とう》へかけだしていく。

「おれも行く」

コキバも飛《と》びだした。コキバは自分も竜《りゅう》に乗ってあとを追うつもりだ。

「何があるやらわからん。星の音を屋敷《やしき》へ運ぶのじゃ。谷の子も赤子をつれていけ。目をはなすでないぞ」

マカド様は、腰《こし》の斧《おの》を引きぬいて、油断《ゆだん》なくあたりへ目を走らせる。

思いがけないできごとに、ミアも残《のこ》った手伝《てつだ》いの魔女《まじょ》もうろたえるだけだ。

マカド様に追い立てられるように、ミアたちは屋敷《やしき》に入った。

幸いなことに、星の音は気を失《うしな》ったように眠《ねむ》っている。この騒《さわ》ぎに気がついてはいないようだ。テムと手伝《てつだ》いの魔女《まじょ》が星の音をベッドに寝《ね》かせた。

　ミアは、そのベッドのとなりに用意されたゆりかごに赤《あか》ん坊《ぼう》を寝《ね》かせようとしても、自分の腕《うで》からはなすことができない。またかかえなおしてしまった。

　手伝《てつだ》いの魔女《まじょ》が、そんなミアに、抱《だ》いていていいとうなずいて、

「と、とにかく、赤子のおむつ、ミルクを――」

と、星の音を気にして、ささやくようにテムに頼《たの》んだ。

　テムはすぐ、赤《あか》ん坊《ぼう》の産着《うぶぎ》や、牛のミルクの入った鉢《はち》をかかえてやってきた。

「これでよろしいでしょうか？」

と、ミアのかかえている赤《あか》ん坊《ぼう》とミルクの鉢《はち》をみくらべて、手伝《てつだ》いの魔女《まじょ》にきく。

「男のお子様です」

　ミアが、ミルクでいいとうなずいた。

　星の音が産屋《うぶや》へ入る前、

「男の子なら人間の、女の子なら魔女《まじょ》の血が濃《こ》い。女の子なら私《わたし》の乳《ちち》しか飲めまい」

といっていたことをミアは覚《おぼ》えていた。星の音は、もしかして双子《ふたご》かもとわかっていたのかもしれない。

ミアが抱《だ》く赤《あか》ん坊《ぼう》は、星の音のような金色の髪《かみ》をもつ男の子だ。牛のミルクでいい。

「屋敷《やしき》の外は変《か》わりないぞ。竜騎士《りゅうきし》たちがウスズ殿《どの》のあとを追っていったところだ」

マカド様がけわしい顔でやってくる。

「おお、マカド様を番兵《ばんぺい》がわりにおつかいするなど！」

青い顔になったテムが交代しようと、屋敷《やしき》の外へ飛《と》びだしていく。

「なんとしたことだろうのぉ」

まゆをよせたマカド様は、ミアが抱《だ》く赤《あか》ん坊《ぼう》へかがみこむ。

「おとなしく寝《ね》ておるのお。谷の子、何か気がつかなかったのか？」

よせたまゆを赤《あか》ん坊《ぼう》のかわいらしさに少し開いて、その目をミアにむける。

マカド様は、ミアなら何かみているか、きいていると期待していた。


ミアは、赤《あか》ん坊《ぼう》のころに母親に捨《す》てられて、谷底《たにぞこ》の村で母の姉の「二のおば」に育てられた。二のおばは、『大変《たいへん》な事件《じけん》もささいなことから始まる。だからまわりの変化《へんか》によく目をくばるように』とミアをしつけた。マカド様は、いや、ウスズ様の屋敷《やしき》の人たちはみんな、そのことを知っていた。

ミアと手伝《てつだ》いの魔女《まじょ》は、産屋《うぶや》でのこの三日間のことを思いだそうと宙《ちゅう》をにらんだ。

「私《わたし》は雛守《ひなもり》と申します。産屋《うぶや》で逃《に》げた魔女《まじょ》は鬼食《おにく》いという魔女《まじょ》でございます。私《わたし》は銀の羽に星の音殿《どの》のお産《さん》の手伝《てつだ》いを申しつかりましたが、鬼食いは、自分から手伝《てつだ》いを申しでたときいております」

鬼食いは最初《さいしょ》から、赤《あか》ん坊《ぼう》をさらうつもりだったのかと雛守はギリッと歯をならした。

雛守は名のとおり、生まれたての赤《あか》ん坊《ぼう》を守る魔法《まほう》が得意《とくい》なのだろう。目元に笑《わら》いじわのある、ふっくらとした体つきの雛守は、いかにも雛《ひな》たちが安心して身をまかせるような雰囲気《ふんいき》があった。そのやさしげな顔が、今は緊張《きんちょう》でこわばっている。

魔女《まじょ》たちは自分の名前を知られるのを嫌《きら》う。呪《のろ》いをうけやすくなるからだという。雛守も名乗りたくはなかったろうが、こんなことがあったので、黙《だま》っていることはできないと覚悟《かくご》したらしい。

魔女《まじょ》は得意《とくい》な魔法《まほう》にちなんで、まわりから名前をつけてもらう。星の音の赤《あか》ん坊《ぼう》をさらった魔女《まじょ》は、鬼食いというきくも恐《おそ》ろしい名前らしい。いったい、どんな魔法《まほう》を得意《とくい》とする魔女《まじょ》なのだろう。ミアは、自分より少し年上、十六、七歳《さい》にみえた小柄《こがら》で無口《むくち》な、黒髪《くろかみ》を耳の下で切りそろえた魔女《まじょ》を思った。

王宮の魔女《まじょ》たちはみんな、やさしげな雛守や星の音にも、確固《かっこ》とした自信《じしん》のようなオーラがある。たくさんの女たちの中にまじっても、あの人はどこかちがうと目立つはずだとミアは思う。産屋《うぶや》に入って三日。ミアは雛守より年が近いと思うせいか、鬼食いに親しみを感じていた。鬼食いのほうはほほえみかけてもくれなかったが——。

「雛守という名前をいただきながら、このていたらく。お恥《は》ずかしいことでございます」

雛守がうなだれる。

「おまえが気にやむことではない。まさか、こんなことが起ころうとは、誰《だれ》も思いもせなんだ」

マカド様が悔《くや》しげな雛守をなだめた。

「鬼食いとやらは、なぜに自分から手伝《てつだ》いを申しでたんじゃ？　なぜに赤子をさらいおる」

何か理由を知っているかと、マカド様が雛守とミアをみくらべる。

「王宮にめしかかえられて時はたっていない新参者《しんざんもの》で、私《わたし》どもの中ではいちばん若《わか》い魔女《まじょ》です。仕事はそつなくこなしてはおりますが、ふだんからあまり話しません。産屋《うぶや》の中でも声もそうきかなかったような——」

雛守は、おまえはどう思うとミアをみた。

ミアもうなずきかけて、あっと顔をあげた。

「何か気づきおったか？」

と、マカド様が、話せとうなずいてみせた。

ミアはこんなとき、自分は恵《めぐ》まれていると思う。ウスズ様もマカド様も、ミアのいうことにきちんと耳をかたむけてくれる。子どものいうことだからと、ばかにしたりしない。

「産屋《うぶや》に入ってすぐ、私《わたし》たちは星の音様の肌着《はだぎ》の着がえを手伝《てつだ》ったのですが、肌着《はだぎ》をみて、あらっという顔になって」

「鬼食いとやらがか？」

「はい。『木綿《もめん》なのね』って」

ミアは、ベッドで眠《ねむ》っている星の音の、ウスズ様の奥方《おくがた》にしてはかざりけのない質素《しっそ》な木綿《もめん》の寝間着《ねまき》を指さした。ミアが、あわてて縫《ぬ》いあげたものだ。

「木綿《もめん》？　肌着《はだぎ》のことか」

「はい。鬼食いの声をきいたのは、あのときだけだったと思います」

「ほう。わらわの寝間着《ねまき》は絹《きぬ》じゃぞ。谷の子、なぜに星の音を木綿《もめん》の寝間着《ねまき》に着がえさせ

た？」

　マカド様が、おもしろそうにミアをみる。

「このごろ、王宮のみなさまの中に肌荒《はだあ》れを起こす方がいらっしゃいます。それで、私《わたし》がジャをつかいにまいります」

　ミアは、いつもチュニックのポケットに入れているジャの入ったクルミのからを出した。

　ミアの生まれた谷底《たにぞこ》の村にジャと呼《よ》ばれる薬草がある。それを煮《に》だして油にねりこんだ薬は傷《きず》を立ちどころに治《なお》す。が、ミアの村の者がつかわないとただの油なのだ。

「おお、わらわの部屋子のところへも、谷の子に来てもらって、肌荒《はだあ》れを治《なお》してもらったのぉ」

　マカド様が、そうだったとうなずく。

「肌荒《はだあ》れを起こす方がたくさんいらっしゃるので、ジャがまにあいません。みなさん、手には肌荒《はだあ》れは起きていません。肌《はだ》にふれる、着ていらっしゃるもののせいかと思いました。王宮のみなさまは、肌着《はだぎ》にも絹《きぬ》をおつかいです。それで、肌着《はだぎ》やチュニックも木綿《もめん》にかえていただきますと、今のところ肌荒《はだあ》れはないようなのです。星の音様や赤《あか》ん坊《ぼう》の肌着《はだぎ》や寝間着《ねまき》は、私《わたし》があわてて木綿《もめん》にかえました」

「ほう。そうか。鬼食いは、『木綿《もめん》なのね』って、どんな様子でいいおった?」

「おもしろくないような、不満《ふまん》げにみえました」

「不満《ふまん》げのぉ」

マカド様と雛守が、どういうことだと首をかしげた。

「それに、肌荒《はだあ》れは治《なお》っても、そのまま寝《ね》こんでしまわれる方もいらっしゃいます。それがみな、女の方でお年をめした方ばかりが寝《ね》こまれております。お医者様も原因《げんいん》がわからないとおっしゃったそうでございます」

ミアは首をかしげた。


ミアには、王宮の肌荒《はだあ》れの原因《げんいん》が絹《きぬ》だということと、星の音の赤《あか》ん坊《ぼう》をさらった鬼食いという魔女《まじょ》が、どう関係《かんけい》するのかわからなかった。

「鬼食いの里のせいじゃ」

銀の羽の声がした。

「おお、こっちは男の子か?」

ほうきにまたがったまま部屋へ入ってきたのは、王宮の魔女《まじょ》の長老《ちょうろう》・銀の羽だ。鳥の巣《す》のようなふわふわした銀色の髪《かみ》の、小さなおばあさんだ。杖《つえ》のひとふりでこの世界中に雪をふらせることができるといわれていた。

銀の羽は、ほうきにまたがったままミアの腕《うで》の中を目を細めてのぞきこんだ。

銀の羽ほどの年齢《ねんれい》になると、魔女《まじょ》は地に足をつけることを嫌《きら》う。ほうきにまたがったまま動くほうが楽だという。

「つれ去られたのは女の子、魔女《まじょ》の子か」

赤《あか》ん坊《ぼう》をみてとろけそうになった銀の羽の顔が、すぐしかめられた。

銀の羽を追うように、オゴが息を切らせて入ってきた。

「日の棟《とう》にはコキバに行ってもらって、私《わたくし》は銀の羽様を呼《よ》んでまいりました」

と、マカド様に報告《ほうこく》する。

「おお、それはよかった。銀の羽様、なぜこんなことになったのやら、わかりまするか?」

マカド様が銀の羽をみた。

「なぜ赤子をさらったかはわからん。じゃが、木綿《もめん》ときいて不満《ふまん》げな顔をしたのはわかる。鬼食いは、繭《まゆ》の里《さと》の出じゃ。谷の子が絹《きぬ》をつかわないようにといったのが、おもしろくなかったのだろう。王宮でつかう絹《きぬ》は、繭の里の糸を天蓋《てんがい》の都《みやこ》で織《お》ったものばかりじゃ」

銀の羽は、しぶい顔でミアをみる。

「鬼食いは、谷の子ふぜいが絹《きぬ》をつかわぬようにいうなど、ふとどきだとわしのところへいいつけに来おった。それに、星の音のお産《さん》の手伝《てつだ》いにも行きたいという。谷の子といっしょにいてみれば、谷の子はいいかげんなことはいわんとわかると思ったのだがな」

銀の羽は、うまくいかなかったとため息をつく。

「最初《さいしょ》から谷の子が気にいらなかったというわけか！　谷の子、いじめられんかったか？」

マカド様が心配してくれる。

「いいえ。私《わたし》には普通《ふつう》に接《せっ》してました」

「私《わたし》にも、鬼食いが谷の子に、そんな思惑《おもわく》を抱《いだ》いているようにはみえませんでした」

雛守はそういいながら、ぐずりだした赤《あか》ん坊《ぼう》をミアから抱《だ》きとろうとする。

「大丈夫《だいじょうぶ》です。少しお休みになってください」

ミアは、雛守も三日三晩《ばんねむ》眠っていない、と首をふった。

「谷の子も眠《ねむ》れ。この子は男のお子じゃ。日の棟《とう》から、誰《だれ》か赤子の世話をする女を頼《たの》めばよかろう」

銀の羽がいうと、オゴが飛《と》びだしていった。

「女の子は魔女《まじょ》になる子じゃ。魔女《まじょ》が世話をせねばな。まあ、魔女《まじょ》がさらっていったゆえ、なんとかするとは思うが」

銀の羽は、不安《ふあん》げにまゆをよせて、

「鬼食いは魔女《まじょ》の子がほしかったのかのぉ」

と、たしかめるようにミアにきく。

ミアはうなずいた。

鬼食いは女の子を選《えら》んだと思う。鬼食いが先にウスズ様ゆずりの黒髪《くろかみ》の女の子を抱《だ》き上《あ》げたので、ミアが金髪《きんぱつ》の男の子を抱《だ》くことになった。

「そうか。どうしてじゃろう？」

銀の羽にもわからないらしい。

「鬼食いとは、また恐《おそ》ろしい名前よのぉ。なんでそんな名前なのかのぉ？」

マカド様がきく。ミアも知りたかった。

「毒見《どくみ》の魔女《まじょ》じゃ。毒見《どくみ》の役を鬼食いというのじゃが、あやつはあの若《わか》さで名前があるといいおってのぉ。鬼食いだと名乗りおった。知ってのとおり、魔女《まじょ》の名は得意《とくい》な魔法《まほう》にちなんで、まわりからつけてもらう。もう名前があるのかとおどろいたが、名のとおり毒見《どくみ》は立派《りっぱ》なもんだった」

それで王宮の魔女《まじょ》にしたと、銀の羽は顔をゆがめた。名前がなければ、王宮の魔女《まじょ》になれないのだ。

「わしら魔女《まじょ》と人間は味覚《みかく》がちがっておる。わしらは特《とく》に甘《あま》みが苦手じゃ。のみこむこともできん。じゃが、あやつは甘《あま》みがわかる」

銀の羽は、甘《あま》いものなどとんでもない、と首をふる。

ミアはうなずいた。王宮へつれてこられたばかりのころ、魔女《まじょ》の食べ物を口にしたことがあった。とても苦くて食べられたものじゃなかった。ウスズ様の屋敷《やしき》でも、魔女《まじょ》の星の音の食事は、ミアたちとはちがうことが多い。

「魔女《まじょ》は薬草からとれる毒《どく》もあつかう。薬と毒《どく》はつかいかたしだいじゃ。いろいろな毒《どく》で体をならす魔女《まじょ》もいてのぉ。少しぐらいの毒《どく》を口にしても平気な魔女《まじょ》が多い」

銀の羽は、鬼食いもその一人だとうなずいた。

そこに、オゴにつれられて日の棟《とう》から女の人が一人やってきた。

「二人とも少し眠《ねむ》れ。手伝《てつだ》いも来てくれた」

銀の羽がいうとその女の人は、まかせろというようにミアにうなずいて、赤《あか》ん坊《ぼう》を抱《だ》きとろ

うとする。ミアはなかなか、赤《あか》ん坊《ぼう》をはなすことができない。

「谷の子、何があるかわからん。銀の羽様のいうとおりだ。眠《ねむ》っておけ」

マカド様がうなずく。

「かゆを煮《に》てある。腹《はら》に入れてから眠《ねむ》れ」

と、テムもあごをしゃくる。

「そうさせていただきましょう」

雛守にうながされて、ミアはやっと赤《あか》ん坊《ぼう》を日の棟《とう》から来た女の人へ手わたした。

ミアは眠《ねむ》りについた。こんなときに眠《ねむ》れるはずがないと思っていたが、よほど疲《つか》れていたらしい。すぐ目がとじていた。

第二章　繭《まゆ》の里《さと》へ

「谷の子！　もっと眠《ねむ》らせてやりたいが、五爪《ごづめ》が来ている」

テムに肩《かた》をゆすられて、夢《ゆめ》もみないで眠《ねむ》っていたミアは、あわてて飛《と》び起《お》きた。

「赤子は眠《ねむ》っている。日の棟《とう》から来てくれた人が泊《と》まりこんでくれるそうだ。銀《ぎん》の羽《はね》様やマカド様たちも、たった今お帰りになったばかりだ」

テムからそんなことをききながら屋敷《やしき》の外へかけだしていくと、竜《りゅう》だまりに五本爪《ほんづめ》の竜《りゅう》がいた。

竜《りゅう》の爪《つめ》は普通《ふつう》三本だが、五本爪《ほんづめ》の竜《りゅう》もいる。五本爪《ほんづめ》の竜《りゅう》は賢《かしこ》く力も強く、忠義《ちゅうぎ》心《しん》に厚《あつ》いといわれている。竜騎士《りゅうきし》たちは五本爪《ほんづめ》の竜《りゅう》を自分の竜《りゅう》にしたがる。ウスズ様の竜《りゅう》も五本爪《ほんづめ》だ。

左の前足が、けがでつかえなくなったこの竜《りゅう》は、かつてミアに命を助けられていた。今は王宮の竜《りゅう》に選《えら》ばれ訓練中《くんれんちゅう》だ。ウスズ様の屋敷《やしき》の人たちから五爪《ごづめ》と呼《よ》ばれている。

五爪《ごづめ》は、ミアの竜《りゅう》になると決めている。そしてミアも、五爪《ごづめ》にまたがって竜騎士《りゅうきし》になりたいと心ひそかに願《ねが》っていた。今、王宮に女の竜騎士《りゅうきし》はいない。まして、谷の子のミアが竜騎士《りゅうきし》になるなど、大それた願《ねが》いだということはよくわかっている。それでも、ミアはその思いの灯《ひ》を消すことなく大事に育てようと決心していた。

「ミア、乗れ！」

「どこへ行くの？」

ミアはためらうことなく、五爪《ごづめ》の背中《せなか》へ飛《と》び乗《の》った。

「繭の里だ。ウスズ様があとを追って、産屋《うぶや》が繭の里へ逃《に》げこんだのをたしかめた。竜騎士様《りゅうきし》たちや、おれに乗ったコキバも繭の里のはしまでは行けた。なのに、どういうわけか男は繭の里へ入れん」

五爪《ごづめ》はもう王宮から飛《と》びだしている。

ふりかえると、ウスズ様の竜《りゅう》だまりにいる心配そうなテムの姿《すがた》が、小さくなっていた。

瑠璃色《るりいろ》の王宮は朝日にかがやいてみえる。よほど時がたったように思えていたが、あたりはまだ早朝の気配だ。

五爪《ごづめ》は、恐《おそ》ろしいスピードで、王宮へいろいろなものをとどけるための門をもつ岩山《いわやま》の都《みやこ》を飛《と》びこえていく。この五爪《ごづめ》に出会った黒雲《くろくも》の都《みやこ》が遠くにみえる。

「おちるなよ！」

五爪《ごづめ》が気がかりそうにミアをふりむいた。

ミアも五爪《ごづめ》もお互《たが》いに、『竜騎士《りゅうきし》になる』『ミアの竜《りゅう》になる』と思い定めているものの、ミアは五爪《ごづめ》にまたがって空を飛《と》ぶのは初《はじ》めてだ。五爪《ごづめ》も、ミアを乗せるのは初《はじ》めてなので心配になったらしい。

「まさか」

おちるもんですか、とミアは鼻で笑《わら》った。

ミアは、生まれたときから体が弱く成長《せいちょう》も遅《おそ》かった。いまだに走るのも遅《おそ》いし、ウスズ様が斧《おの》の訓練《くんれん》をさせようとしても、尻《しり》もちをつく始末《しまつ》だ。

部屋子で、まして女の子が、竜《りゅう》にまたがって空を飛《と》ぶことはほとんどない。なのに、竜《りゅう》で飛《と》ばなければいけないようなことばかりがミアに起こる。

星《ほし》の音《ね》は、そんなミアを案《あん》じて、竜《りゅう》に乗る訓練《くんれん》をさせていた。ミアは、どんな嵐《あらし》の中でも、竜《りゅう》と一体になって空を飛《と》んでいける自信《じしん》がある。ミアは、竜《りゅう》で空を飛《と》ぶことが大好《だいす》きなのだ。だから竜騎士《りゅうきし》になりたいと願《ねが》うのかもしれない。

つれ去られた星の音の赤《あか》ん坊《ぼう》のあとを追うという、こんな状況《じょうきょう》でも、竜《りゅう》にまたがって空を飛《と》ぶ快感《かいかん》は、ミアの体じゅうの血をわき立たせる。そんなミアに安心したのか、五爪《ごづめ》のスピードが上がった。

五爪《ごづめ》は、山々をこえ雲の中へ入る。そして下降《かこう》しだした。リボンのように川が光る。川の中に大きな中州《なかす》がみえる。川中《かわなか》の都《みやこ》だ。あの都のそばに、薬草畑をたがやすテムの実家がある。川の上流へと進むように、一つの山へわけ入る。川のそばに、ぽつぽつと民家《みんか》がみえる。川からそれて、うっそうとした森の木々の間をぬけた。峠《とうげ》だ。すぐ視界《しかい》は開けた。巨大《きょだい》な窪地《くぼち》だ。山の斜面《しゃめん》がえぐれたようだ。地面はゆっくり下へむかう。高いところからみおろしているから、視界《しかい》をさえぎるものはない。

まわりの崖《がけ》が両腕《りょううで》を広げたように、その窪地《くぼち》を抱《かか》えこんでいた。窪地《くぼち》の手前は緑の木々だ。間に白くみえる帯《おび》のような部分があり、そのむこうは木も草もない鏡《かがみ》のようなつるりとした岩原にみえる。緑と白と岩原の灰色《はいいろ》、三層《そう》にぬりわけられたような窪地《くぼち》だ。

五爪《ごづめ》は、また高度を下げた。

目の前に広がる緑は、今ぬけてきた山の森のように濃《こ》くはない。淡《あわ》い色の葉をつけた木々だ。同じような背丈《せたけ》で整然《せいぜん》と並《なら》んでいる。人の手が入っている木々だということは、ミアにもわかる。何かの畑だろう。

その畑から下のほうに白いもののつらなりがみえる。雪だろうか？　今は春だ。山陰《やまかげ》ならまだしも、太陽はその窪《くぼ》地《ち》の真むかいに上がるところだ。日当たりのいい土地だ。まわりのけわしい山々にさえ雪はもうない。

「桑畑《くわばたけ》だ」

ミアの疑問《ぎもん》をさっしたように五爪《ごづめ》が教えてくれる。

「白くみえるところが繭の里だそうだ。星の音様の産屋《うぶや》は、あの里の上空で消えたらしい」

五爪《ごづめ》は、そこまではウスズ様たちが追いかけてきたのだとミアをふりかえった。

「繭の里のむこうに岩原がみえたか？」

みえた、とミアはうなずいた。五爪《ごづめ》の高度が下がった今、鏡《かがみ》のようにつるりとした印象《いんしょう》だった岩原はミアの目からは消えていた。

「あそこが天蓋《てんがい》の都《みやこ》だ。繭の里でとれた糸を織《お》って染《そ》めるそうだ。天蓋の都は絹《きぬ》を商《あきな》う」

「天蓋の都？」

五爪《ごづめ》の言葉を、ミアはくりかえしていた。どんな都なのだろう？　建物《たてもの》のようなものはみえなかった。それに山懐《やまふところ》に抱《いだ》かれているとはいえ、ずいぶん無防備《むぼうび》にみえた。

ミアの知っている都は、みんなむやみな侵入者《しんにゅうしゃ》を嫌《きら》う。岩山の都は高い岩山の頂上《ちょうじょう》にあり、階段《かいだん》もついていない。川中の都は巨大《きょだい》な中州《なかす》にあるのに、川の両岸からは橋がかかっていない。黒雲の都は、雷《かみなり》をはらむ黒雲がドームのように都をおおっていた。

けわしい山にある背《せ》の高い木々をもつ森と桑畑《くわばたけ》の境目《さかいめ》にかろうじてある空き地に、王宮の竜《りゅう》たちがぎゅうづめになっているのがみえた。

そこから一頭の竜《りゅう》が、桑畑《くわばたけ》の上空に飛《と》びだしていく。またがっているのは、

「ウスズ様！」

ミアは思わず叫《さけ》んでいた。

ウスズ様とウスズ様の竜《りゅう》は、矢のように飛《と》んでいく。繭の里をめざしている。

「ミア、みろ！」

五爪《ごづめ》が叫《さけ》ぶ。

ミアには、地面から雲がわいたようにみえた。

下へむかう窪地《くぼち》の底《そこ》のほうから、白い壁《かべ》のようなものが恐《おそ》ろしいスピードでせり上がってくる。それはあっというまに、白い布《ぬの》のようになって、ミアのみえている繭の里の上空から桑畑《くわばたけ》の上空までをおおいつくす。

「あれが天蓋《てんがい》といわれるものだ」

五爪《ごづめ》がいまいましげにつぶやいた。

「何？　何なの？」

ミアには、桑畑《くわばたけ》から繭の里の上空をおおう白いものの正体がわからない。一枚《まい》の巨大《きょだい》な布《ぬの》が、一気に広がったようにみえた。

さすがのウスズ様の竜《りゅう》も、その布《ぬの》のようなものをつき破《やぶ》ることはできなかったらしい。何度も布《ぬの》へ体当たりしていたが、あきらめたように仲間《なかま》のいる空き地へもどっていった。

「蛾《が》だ」

五爪《ごづめ》は、ウスズ様の竜《りゅう》のあとを追って、空き地をめざす。

「蛾《が》って、虫の？」

「ああ。恐《おそ》ろしい数の蛾《が》がこの都から繭の里、桑畑《くわばたけ》までを守る。まるで天蓋《てんがい》がおおうようだ。それで、この都は天蓋の都と呼《よ》ばれるのだそうだ」

ウスズ様たちを撃退《げきたい》した蛾《が》は、また窪地《くぼち》の下へと消えていく。

「この窪地《くぼち》の下の森にいるらしい。木々の幹《みき》が蛾《が》におおわれて白くみえるそうだ。外敵《がいてき》があらわれると、蛾《が》が一枚《まい》の布《ぬの》のようになって下からせり上がってくる」

上からみているせいで、蛾《が》におおわれるという木々はみえない。みえなくてよかったとミアはほっとしていた。

五爪《ごづめ》は竜騎士《りゅうきし》の竜《りゅう》たちですしづめになっている空き地のすき間に、危《あぶ》なげなくすべりこんだ。

五爪《ごづめ》の背《せ》から飛《と》びおりたミアに、

「ミア」

「谷の子」

と、コキバとウスズ様がかけよってきた。二人とも目を赤く充血《じゅうけつ》させている。

「谷の子、おまえだけが頼《たよ》りだ。星の音の産屋《うぶや》は繭の里へ逃《に》げこんだ。逃《に》げこんだ先はわかっているのに、どうしてもあそこへ行くことができん！」

ウスズ様は、一度に年をとったようだ。

「天蓋《てんがい》っていうらしいわ。上空をおおって、空から入ろうとする者からこのあたりを守るんだそうよ。蛾《が》の大群《たいぐん》よ。蛾《が》の鱗粉《りんぷん》に目をやられて先がみえなくなる」

ウスズ様の竜《りゅう》の声は、ウスズ様よりもっと悔《くや》しげだ。声のほうをみると、やはりウスズ様の竜《りゅう》も、緑色の瞳《ひとみ》を赤く充血《じゅうけつ》させている。

さっきの様子をみていた、とミアはうなずいた。ウスズ様の竜《りゅう》があの布《ぬの》をつき破《やぶ》れなかったのは目を鱗粉《りんぷん》でおおわれてしまったかららしい。

「地上から行こうと桑畑《くわばたけ》から入ろうとしたんだ。でも、途中《とちゅう》から行けないんだ」

コキバが、ドンと片足《かたあし》をふみならす。

「今は春市《はるいち》だそうだ。春市は花嫁《はなよめ》の来る市で、男は天蓋の都へ入れんという。今は桑畑《くわばたけ》からも繭の里へ入れんのだ。魔女《まじょ》が結界《けっかい》をもうけている。谷の子、頼《たの》む」

ウスズ様はミアに頭を下げた。

ミアはどうして自分が呼《よ》びだされたのか、やっとわかった。繭の里へは女でなければ入れないのだ。そして、日の光の下、魔女《まじょ》は飛《と》ばない。

「桑畑《くわばたけ》から女たちは平気で繭の里へ入っていくんだ。なのに、おれたちはどうしても入れない。目にみえない壁《かべ》のようなものが立ちはだかる。斧《おの》をふってもだめなんだ」

コキバが、桑畑《くわばたけ》をにらんだ。

「天蓋《てんがい》は苦手だ。あの粉《こな》がいかん」

と、つぶやくほかの竜騎士《りゅうきし》たちの目も赤い。百戦錬磨《ひゃくせんれんま》の竜騎士《りゅうきし》でも、蛾《が》の鱗粉《りんぷん》をふせぐことはできないのだ。

「遠回りになるが、天蓋の都の正門から入るしかあるまい」

「あのあたりに竜《りゅう》だまりはないぞ」

「正門まで行っても、春市で女しか入れん」

「なに、夜になれば王宮の魔女殿《まじょどの》たちも来てくださる。こんな結界《けっかい》などすぐ破《やぶ》っていただける」

「そうじゃ。夜を待てばいい。ウスズ殿《どの》、谷の子なぞなんの役にも立ちますまい」

竜騎士《りゅうきし》たちは、ミアを呼《よ》んだウスズ様を気《き》の毒《どく》そうにみて、今は夜を待つしかないとうなだれた。

竜騎士《りゅうきし》たちは、ミアでは役に立たないだろうと思っている。

「いや、谷の子、行ってみてくれ」

王宮の竜騎士《りゅうきし》をたばねるアマダ様が進みでた。

ミアはウスズ様が麻袋《あさぶくろ》の呪《のろ》いをかけられていたころ、アマダ様の竜《りゅう》をかりて空を飛《と》んだことがあった。

「うてる手は早くうっておいたほうがいい。トロルがまたこの山に来ている。星の音様のことがなくとも、われらはここに陣《じん》をはる。何があるかわからん」

アマダ様は、桑畑《くわばたけ》とは反対の深い森へ目をやる。

「あっ！」

「まさか！」

竜騎士《りゅうきし》たちが、アマダ様をみているものをみて声をあげた。

桑畑《くわばたけ》や繭の里だけをにらんでいたウスズ様もふりむいて、

「あれは！」

と声をあげた。

何人もの竜騎士《りゅうきし》がばらばらと森のほうへかけていく。ウスズ様とコキバがあとを追っていく。ミアもかけだしていた。

森の木がとぎれたこの空き地との境《さかい》すれすれのあたりだ。木にまぎれて石の柱のようなものがある。柱とみえたが、大人の倍の大きさの石の像《ぞう》のようだ。

「王宮に知らせてまいります」

若《わか》い竜騎士《りゅうきし》が竜《りゅう》に乗って飛《と》びだしていく。

「トロルという鬼《おに》がいることを知っているか？」

アマダ様がミアとコキバをみた。二人とも、知らないと首をふった。

「獲物《えもの》をさがして集団《しゅうだん》で山々をわたり歩く。けものや人間の子どもまでくらうといわれている。またこの山に来ているようだ。何十年前も繭の里をおそったはずだ。みろ、背丈《せたけ》などわれらの倍もある」

アマダ様は石の像《ぞう》をみあげた。この石の像《ぞう》がトロルらしい。

「トロルの弱点は日の光だ。日の光にあたると、こんなふうに石になってしまう。夜に動くやからだ。昼はどこか薄暗《うすぐら》いところで寝《ね》ておる。そこをさがし当てて襲撃《しゅうげき》する。だが夜までかかれば、追いはらうのに魔女殿《まじょどの》たちに手伝《てつだ》っていただくことになる」

アマダ様は、戦《たたか》いになるぞとウスズ様をみた。

「とにかく、おまえがまず繭の里へ行ってみてくれ。コキバのこともウスズ殿《どの》からきいた」

アマダ様はコキバの命をミアが助けたことを知っていた。ほかの竜騎士《りゅうきし》たちのように、ミアをばかにしたりしない。

「谷の子、わしと星の音の子をとりもどしてくれ」

ウスズ様が、すがるようにミアをみた。

「気をつけるのよ。魔女《まじょ》様たちの誰《だれ》かは、必《かなら》ず、おまえのあとを追って繭の里へ行くわ」

ウスズ様の竜《りゅう》がミアをにらむ。その目は、無茶《むちゃ》をするなといっていた。無鉄砲《むてっぽう》なことをするなとミアを心配している。銀の羽にも『おまえは考えがたりない』としかられてばかりいる。

「星の音様とぼっちゃんは屋敷《やしき》で無事《ぶじ》にお休みです。あの魔女《まじょ》は鬼食《おにく》いという名前で、繭の里の出だそうです」

ミアは自分の知っていることをウスズ様に伝《つた》えると、桑畑《くわばたけ》へふみだそうとした。そんなミアにウスズ様は自分の斧《おの》を手わたそうとする。ミアに首をふられて、

「谷の子、おまえも武器《ぶき》をもつことをせんとな」

と、しぶい顔になった。

王宮の斧《おの》の民《たみ》はみな腰《こし》に斧《おの》をさす。ウスズ様の部屋子となったミアは斧《おの》をふる訓練《くんれん》をさせられたが、あきれるほど上達《じょうたつ》しなかった。星の音が、

「ミアは弓の民《たみ》だ。弓のほうがよかろう」

と弓の訓練《くんれん》をさせようとしていた。なのに、そのひまもなく、こんなことになってしまった。

でもミアは、これでいいと思っている。ミアは、誰《だれ》かを傷《きず》つけるのが怖《こわ》い。竜騎士《りゅうきし》になるには武器《ぶき》が必要《ひつよう》なのかもしれない。でも、武器《ぶき》をもたない竜騎士《りゅうきし》の道もきっとある。ミアは、その道をみつけるつもりだ。

「ミアと行きたい」

コキバがだだっ子のようにつぶやく。泣《な》きだしそうな顔にみえる。ミアより背丈《せたけ》も大きく、肩幅《かたはば》だってある。ミアの兄のようにふるまいたがるコキバなのに、こんな顔になると、ミアのひざで甘《あま》えていた黒い竜《りゅう》の子だったころにもどるようだ。

「気をつけろ」

五爪《ごづめ》の声もした。

ミアはコキバやウスズ様たちにうなずくと、桑畑《くわばたけ》へつづくゆるい坂道をかけおりだした。桑《くわ》の木は大人の背丈《せたけ》より少し高いだけだ。やわらかそうな薄《うす》い緑色に葉をつけた木々を、あたたかな風がやさしくゆらしている。

「ミア！」

コキバの声がした。

ミアはふりむいて手をふった。コキバもウスズ様も心配そうな顔のままだ。手をふったのに誰《だれ》も手をふりかえしてくれない。

ミアがみえなくなったのだとわかった。ミアは、女だけが入れるという魔女《まじょ》の結界《けっかい》に入った。

怖《こわ》いという感情《かんじょう》はない。まわりののんびりとした風景《ふうけい》のせいだろうか。星の音の赤《あか》ん坊《ぼう》をとりもどすという思いだけだ。心労《しんろう》で一度に年をとってしまったようなウスズ様をみたくはない。それに、目覚《めざ》めたときの星の音のおどろきと悲しみを思うと、どうなぐさめたらいいのか言葉もない。ここへつれてきてもらってよかったと、ミアは思っていた。王宮で、じっと待つだけのほうがつらいことに思えた。

ミアの進む道に途中《とちゅう》から何本か道が合流する。山からの小川も網目《あみめ》のように走っている。道が少しずつ広くなり、途中《とちゅう》で合流する道から女たちが一人、二人と足早にやってくる。

「今日は遅《おそ》くなった」

「そろそろ終わりじゃないかしら」

「もう少しは繰《く》れるわ」

チュニックに胸《むね》あてのある前掛《まえか》けや帯《おび》をし、髪《かみ》を布《ぬの》で包《つつ》んだ女たちは、お互《たが》いにうなずく。

ミアはその女たちのあとについた。

桑畑《くわばたけ》がとぎれて、石をつみあげた塀《へい》をもつ大きな農家の前庭へ出た。十二、三人の女たちが前庭にいて、いらいらとその農家をみていた。

「どうしたの？」

ミアと道でいっしょになった女の一人が、先に前庭にいた女に声をかけた。

「木戸が閉《し》まってるのよ」

前庭の奥《おく》にも石づみの塀《へい》がある。そこにある木戸に、女はあごをしゃくった。

あの塀《へい》のむこうが繭の里だ。そう高い塀《へい》ではないが、下へむかう土地のせいか白いものの正体はここからはみえない。

「こんなこと初《はじ》めてだわ」

「今日で終わりよ。もう少し繰《く》りたいわ」

女たちは、いっせいにうなずく。

「ほかの木戸も閉《し》まってるのかしら？」

こんな木戸がほかにもあるらしい。

繭《まゆ》から糸にしていく糸繰《いとく》りのことだろうか？　ミアは、糸繰《いとく》り女《おんな》たちなのだろうと女たちをみた。女たちは、ここで足どめされているらしい。なにやら、あせっている。

あせっている女たちをなだめるように、のんびりとなく牛の声がした。

ミアは、谷底《たにぞこ》の村の祖父《そふ》の家を思いだしていた。村の長《おさ》をしている祖父《そふ》の家も、こんなふうな石づくりで茅葺《かやぶ》きの屋根だ。その家の裏《うら》の畑の片隅《かたすみ》に、二のおばとミアの暮《く》らす小さな家があった。

竜《りゅう》に呼《よ》ばれなければ、ミアは今もあの家で水をくみ、かゆを煮《に》て、羊を飼《か》って暮《く》らしていた。あの暮《く》らしをなつかしく思いはするが、王宮に来て一年、谷底《たにぞこ》の村へもどりたいとは思わなくなっていた。ミアの家は、今は王宮にある。

そんなことを思っていると、家のドアからかごをさげたおばさんが出てきた。木戸の前に進む。よく太った丸いほほの陽気そうなおばさんだが、緊張《きんちょう》しているのか、ほほがひきつっている。

「お待たせしてごめんなさいね。ちょっとつまんでいただこうかと思って」

と木戸を開けて、わきに立った。

そして一人一人、木戸の前に並《なら》ぶ女たちにかごの中のものを手わたしていく。

女たちは、わたされたものを口にふくむと、うれしげな顔になり、木戸をぬけていく。

前庭にいるのはミアだけになった。

「みかけない子ね。糸繰《いとく》りはできて？」

おばさんが首をかしげて不審《ふしん》げにミアをみながらも、かごの中のものをミアに手わたしてよこす。

ミアの親指ほどの赤黒い実だ。よく熟《う》れているらしく、おばさんの指に赤い汁《しる》のしみがある。

羊毛の糸繰《いとく》りはしたことがある。ミアはうなずきながら、わたされた実を口に入れた。少し酸味《さんみ》はあるが、甘《あま》い汁《しる》が口の中いっぱいに広がった。

ミアがその実をおいしそうに食べるのをみたおばさんの緊張《きんちょう》が、少しほどけた。

「どこの子？　どこから来たの？」

それでも、みかけない子だと気にかかるらしい。

「川中の都から少し山あいに入ったところに、家があります」

鬼食いはこの里の出だ。かばう者がいるかもしれない。王宮から来たといわないほうがいいと、ミアは思った。テムの実家を思いだしていた。あそこからもっと山へ入れば、ここまではそう遠い距離《きょり》ではない。

おばさんは、そうなの、とうなずきながらも、

「おまえさんが働《はたら》きに出るほど、家が困《こま》っているようにはみえないねぇ」

と、目にはまだ疑《うたが》いの色がある。

ミアが着ているものでそう思うのだろう。でも、王宮で肌荒《はだあ》れがあってから、ミアもチュニックは木綿《もめん》にかえていた。このおばさんだって、ここにいた糸繰《いとく》り女《おんな》たちだって着ているものは木綿《もめん》だ。そのチュニックを前掛《まえか》けや帯《おび》でしめていた。

やっと、おばさんはミアの帯《おび》をみたのだとわかった。竜《りゅう》に呼《よ》ばれて村を出るミアのために、二のおばは手のこんだ刺繍《ししゅう》のかざり帯《おび》を何本かもたせてくれた。王宮の女たちが目をみはりほめてくれる帯《おび》だ。このおばさんの目にもとまったらしい。

「伯母《おば》がつくってくれた帯《おび》です。初《はじ》めて働《はたら》きに出るので、お守りがわりなんです」

こわばりそうな顔を、ミアはなんとかゆるめてほほえんでみせた。不安《ふあん》な気持ちはおばさんに伝《つた》わったらしい。

「伯母《おば》さんがねぇ」

母親ではないのか、と口の中でくりかえしていたおばさんは、何か事情《じじょう》があるのかと不憫《ふびん》そうにミアをみた。

「峠《とうげ》をこえて来たんじゃ、夜明け前に家を出たんだろう。おなかもすいたはずだ。食べておしまい」

と、残《のこ》ったかごの中の実をミアにさしだした。

うれしげに実を口につめこむミアに、

「このごろ、糸が切れやすいしねぇ。いくら糸繰《いとく》りをしたことがあるといっても、おまえさんにはむずかしいかもしれない。この木戸からまっすぐに進むと、糸繰《いとく》り女《おんな》たちに食事を出すテントがある。そこへお行き。あそこならおまえさんにもできる仕事があるだろうさ」

おばさんは木戸を指さした。

ミアはお礼をいって木戸をぬけた。

木戸をぬけたミアの耳に、

「みんな、桑《くわ》の実を甘《あま》くておいしいってうれしそうに食べたよ。お嬢様《じょうさま》は心配しすぎじゃないかねぇ。魔女《まじょ》のほうきはお日様の下は飛《と》べないんだろう」

家の中の誰《だれ》かに話すおばさんの声がきこえた。

ミアは赤く染《そ》まった自分の指先をみた。実をつまんだときについた甘《あま》い汁《しる》だ。お嬢様《じょうさま》とは鬼食いのことじゃないだろうか。鬼食いは、ウスズ様たち竜騎士《りゅうきし》が追いかけてくることは承知《しょうち》の上なのだろう。だから桑畑《くわばたけ》から結界《けっかい》をはった。

でもきっと、糸繰《いとく》り女《おんな》たちまで閉《し》めだすことはできなかったのだ。女は入れる。もしかすると、王宮の魔女《まじょ》たちがどうにかしてやってくるかもしれないと用心したのだ。魔女《まじょ》は甘《あま》みがわからない。甘《あま》いものをのみこむことができない。だから、あの実を食べさせてみたのだ。鬼食いは、王宮の追っ手から、なんとかして逃《のが》れようとしている。

でも、夜になれば王宮の魔女《まじょ》の誰《だれ》かは、きっと来てくれる。あんな結界《けっかい》はすぐ破《やぶ》れるに決まっている。ミアは安心していた。

木戸をぬけたら、緑色の桑《くわ》の葉をしきつめた地面に、けば立った真っ白い壁《かべ》をもつ、星の音の産屋《うぶや》を横にのばしたようなものがたくさん並《なら》んでいた。やはり大人三人は入れそうな大きさだ。

これが、雪のようにみえたものの正体だ。この白い小屋ほどのものが繭《まゆ》なのだろう。桑《くわ》の葉をしきつめた地面には、繭《まゆ》をかこむように細いあぜ道が仕切りのように走っている。下へむかう地面でも、繭《まゆ》が転がらないのはこの道のせいだ。

静《しず》かに雨がふるような音がする。カラカラと軽い車が回る音、低《ひく》い歌声もする。のんびりとして眠《ねむ》くなってしまいそうだ。

繭《まゆ》の片側《かたがわ》に壁《かべ》が薄《うす》くなったところがある。そこが糸口だ。そこに糸繰《いとく》り女《おんな》たちが一人ずつすわりこみ、糸車を回して糸を繰《く》っている。

カラカラときこえたのは糸車の音だ。糸繰《いとく》り女《おんな》たちは車を回す手を休めないが、口も動かす。低《ひく》い声でつぶやくように歌う。

「回れ、回れ」

ときこえたとミアは思った。

「カイコ」

とも歌っているようだ。

糸繰《いとく》り歌《うた》なのだろう。ミアには、眠気《ねむけ》を誘《さそ》う子守歌《こもりうた》のようにもきこえた。

糸繰《いとく》り女《おんな》たちは糸を繰《く》るのに夢中《むちゅう》で、ミアがそばの道を通っても、気にする様子はない。

ミアは、星の音の産屋《うぶや》が繭《まゆ》の間にまぎれこんでいないかと、目をこらしながら繭《まゆ》と繭《まゆ》の間にある網目《あみめ》のような道を歩き回ってみた。星の音の産屋《うぶや》には色とりどりの花が咲《さ》いていた。でも、今、みわたすかぎりミアの目に入ってくるのは繭《まゆ》の白さだけだ。

星の音の産屋《うぶや》をさがしていくつもの繭《まゆ》を回りこんでいたら、手押《てお》し車《ぐるま》を押《お》してくる人の姿《すがた》がみえた。このままではちあわせしてしまう。いろいろときかれるのはめんどうだと、ミアはあぜ道から桑《くわ》の葉をしきつめた地面に飛《と》びおりた。

飛《と》びおりてもひざから上は、あぜ道から出てしまう。ミアは地面に這《は》いつくばった。

葉と葉の間に何かいる。ミアは、白い虫が数えきれないほどひそんでいることに気がついた。悲鳴をあげそうになるのを、なんとかこらえた。ミアの中指よりも大きな、細長いふしのある虫が、地面にしきつめられた桑《くわ》の葉をものすごいいきおいで食べている。雨の音のようだと思ったのは、この虫が葉を食べる音だ。

気味が悪くて、虫といっしょに地面に這《は》いつくばっていることができない。ミアは、虫をふみつぶさないように足でかきわけて、手押《てお》し車《ぐるま》を押《お》してくる人にみつからないように繭《まゆ》を回りこんだ。繭《まゆ》の壁《かべ》にはりついて息を殺《ころ》す。

手押《てお》し車《ぐるま》を押《お》してきたのは、おじいさんだった。

「やれやれ、ベテランのおまえさんでも十かせもいかんのか」

と、糸繰《いとく》り女《おんな》がさしだす銀色にかがやく糸のたばを手押《てお》し車《ぐるま》につみこんだ。

「切れやすいのよ。今年は手間ばかりかかる」

糸繰《いとく》り女《おんな》が、やれやれと肩《かた》をすくめた。

「一番繭《ばんまゆ》がこのありさまじゃ、二番繭《ばんまゆ》に期待せねばならないが、どんどん質《しつ》がおちてる」

「よく太って、今までと変《か》わりなく育ってるようなのに。やっぱり、呪《のろ》いのせい？」

糸繰《いとく》り女《おんな》は地面から虫を一匹《ぴき》つまみあげて、まじまじとみた。

「しー。そんなことを口に出すんじゃない」

おじいさんは、怖《こわ》い顔で首をふる。

「すみません。でも気になって」

糸繰《いとく》り女《おんな》はまた肩《かた》をすくめてあやまってみせたが、

「今日でもう終わりよ」

と繭《まゆ》をみた。

「そのようだな。今日これから繰《く》れたぶんは、おまえさんが家へもって帰ってかまわんぞ。娘《むすめ》さんが嫁《とつ》ぐそうじゃないか」

「ありがとう。ほかの人からも、もらうことになってるの。都で織《お》るようにはいかなくても、家の機織《はたお》り機《き》でも織《お》れるもの。花嫁衣装《はなよめいしょう》は絹《きぬ》でつくってやりたくて」

糸繰《いとく》り女《おんな》はうれしそうだ。

「ああ、そうしてやれ」

おじいさんは手押《てお》し車《ぐるま》を押《お》しながら、となりの繭《まゆ》へ進んでいく。

糸繰《いとく》りは今日で終わりということらしい。木戸の前にいた女たちも同じことをいっていた。この繭《まゆ》の壁《かべ》が銀色の糸になる。まだ壁《かべ》はしっかりと厚《あつ》く残《のこ》っているようにみえる。なのに、糸はもうとれないらしい。呪《のろ》いのせいだといっていた。

呪《のろ》いとはなんだろう？　ミアは気になったが、まず星の音の赤《あか》ん坊《ぼう》をさがすことだと思いなおした。

ミアは、はりついていた繭《まゆ》の壁《かべ》からはなれようとした。そのとき、日の光を吸《す》いこんでほんのりとあたたかい壁《かべ》の中で、何かが動いたような音がしたと思った。

手押《てお》し車《ぐるま》の後ろへ回りこんで、またあぜ道へもどった。やはり、どこまでも白い繭《まゆ》ばかりがつづいた。


星の音の産屋《うぶや》はみつかりそうもない、とミアがあせりだしたとき、香《こう》ばしいにおいがしてきた。食べ物のにおいだ。ミアはそのにおいのほうへ近よっていった。

繭《まゆ》と繭《まゆ》の間に空き地があった。テントの中に、長いテーブルやベンチが並《なら》んでいる。そばに石をつみあげたかまどがあり、四、五人の女たちが、忙《いそが》しそうに木鉢《きばち》で何かこねたり、かまどの上でパンのようなものを焼《や》いたりしていた。

木戸のおばさんがミアに行けといったテントだ。ここならミアにできる仕事もある、といった。でも、ここにいるわけにはいかない。

歩きだそうとしたとたん、かまどの火をみていたらしいおばあさんが、突然《とつぜん》たちあがった。ミアの真正面だ。

みつかる！　ミアは、またあぜ道の下へ飛《と》びおりてしゃがみこんだ。

「今日で終わりだよ。羽音がきこえる」

おばあさんの声がした。

「量《りょう》もおちたが、質《しつ》も悪い。どうしたことやら」

おばあさんは、ため息をつく。

さっきの糸繰《いとく》り女《おんな》も同じことをいっていた。

「それもこれも、魔女《まじょ》の産屋《うぶや》をかくまってからのような気がする。トロルの呪《のろ》いだろうか」

いらだったようなおばあさんの声に、

「しーっ！」

「きこえる！」

「トロルが、また出たそうですよ」

そばにいた女たちが、あわててたしなめる声がかさなった。

「魔女《まじょ》の産屋《うぶや》」とたしかにきこえた。ミアは、こっそり頭をあげてあぜ道ごしにテントをうかがいみた。

「きこえやしないよ。トロルは日の光が天敵《てんてき》なんだから。そりゃトロルは怖《こわ》いよ。でも呪《のろ》いはもっと怖《こわ》い。あのときは都で死人も出た」

おばあさんはきつい目つきで、ミアが来たほうをにらんでいる。コキバやウスズ様たちがいるほう、桑畑《くわばたけ》の後ろにそびえる山のほうだ。

アマダ様が教えてくれたトロルという鬼《おに》のことらしい。ミアも、石の像《ぞう》を思いだした。

「お嬢様《じょうさま》が帰っていらしたそうですよ」

一人の女がささやいた。

「あら、声が大きかったかね」

おばあさんが、しまった、と舌《した》を出した。

おばあさんたちの話はとりとめもないが、何かと何かがつながるような気がする。繭の里へ

入る木戸で、桑《くわ》の実を食べさせて魔女《まじょ》かどうかたしかめさせたのはお嬢様《じょうさま》と呼《よ》ばれる人だ。そのお嬢様《じょうさま》は鬼食いのことではないかとミアは疑《うたが》っている。そのお嬢様《じょうさま》がまた話に出てきた。ミアはきき耳を立てた。

「お嬢様《じょうさま》は律義《りちぎ》よねぇ。まっすぐ都のお館へ帰ればいいのに、必《かなら》ずここによる」

「繭の里を故郷《こきょう》だと思ってるのよ」

女たちがお嬢様《じょうさま》と呼《よ》ぶのは、鬼食いのことだとミアは確信《かくしん》した。

「繭の里でかくまった魔女《まじょ》の産屋《うぶや》で生まれたのが、お嬢様《じょうさま》なのでしょう」

「何十年も前よねぇ」

「そうさねぇ。私《わたし》がこの里に嫁《よめ》に来た年だった。私《わたし》が十九だったから、もう六十年も昔のことだよ」

おばあさんの言葉に、鬼食いは六十歳《さい》らしいとミアはおどろいた。魔女《まじょ》は長生きで、みためと年がちがうことは知っていたが、ミアより少し年上にしかみえない。

「トロルに追われた魔女《まじょ》の産屋《うぶや》をかくまったことと、糸の量《りょう》と質《しつ》は関係《かんけい》ないですよ」

一人の女が首をふる。

「そうかねぇ。なら、何が原因《げんいん》で量《りょう》も質《しつ》も悪くなっていくんだろう?」

おばあさんは、ぶつぶつとつぶやきつづける。

「魔女《まじょ》だろうがなんだろうが、子を産《う》もうとする女を助けるのは、女どうしですもの、当たり前ですよ」

「ええ。おばあさんたちがなさったことは、まちがっていませんって」

「誰《だれ》が赤《あか》ん坊《ぼう》をトロルなどにくれてやるもんですか！」

女たちが口々におばあさんをなぐさめる。

「そうならいいんだけどね。このごろの繭《まゆ》や糸をみると気になってねぇ」

おばあさんは、しょんぼりとうなだれた。

「気にやむことはありませんよ。都のお館様がなんとかしてくれますよ」

おばあさんは、そうだ、というように顔をあげた。

「都といえば、春市だね。花嫁《はなよめ》さんたちがこぞって布《ぬの》を買いにやってくる」

おばあさんの顔がほころんだ。

「春市がいちばん好《す》きよ。華《はな》やかだもの」

「花嫁衣装《はなよめいしょう》をつくったあまり布《ぬの》で、赤子の祝《いわ》い着《ぎ》もつくるのが、はやりだそうよ」

「そりゃいいねぇ」

おばあさんたちは、さっきまでの心配ごとを忘《わす》れたようにほほえみあう。そして、また仕事にもどっていった。

魔女《まじょ》の産屋《うぶや》は緑の球体になり、森の木々の間に隠《かく》れるように浮《う》くときいた。敵《てき》やけものから自分と生まれてくる子を守るためだという。

六十年前、この繭の里の女たちは、トロルにねらわれた魔女《まじょ》の産屋《うぶや》を隠《かく》してやったらしい。真っ白い繭の里で緑の産屋《うぶや》は目立ったにちがいない。その産屋《うぶや》で生まれたのが、ここでお嬢様《じょうさま》と呼《よ》ばれる鬼食いだ。

テントの女の一人が、お嬢様《じょうさま》はまっすぐ都のお館へ帰ればいいのに、といっていた。鬼食いは繭の里によったあと、天蓋の都に行った！

どこが天蓋の都なのかみえないが、上からみおろしたとき、五爪《ごづめ》が天蓋の都だといったところがこの巨大《きょだい》な窪地《くぼち》の下のほうにあった。ミアはあぜ道を下へむかってかけだしていた。

「終わり」

通りすぎた繭《まゆ》の糸口で糸を繰《く》っていた女が、糸車を回す手をとめた。

「終わりだわ」

あちこちから声がする。

糸繰《いとく》り女《おんな》たちは、頭を抱《かか》えこむようにして地面へ身をふせた。

「ああっ！」

ミアの口から声がもれた。

糸繰《いとく》り女《おんな》たちがすわりこんでいる繭《まゆ》の糸口から、次々と白い蛾《が》が飛《と》びだしていく。

一匹《ぴき》の蛾《が》のたてる羽音は軽く小さい。でも、繭の里じゅうの繭《まゆ》の口からはきだされる何千、いや何万かもしれない蛾《が》がたてる羽音は、あっというまにゴーッ！　という雪崩《なだれ》が起きたような音に変《か》わる。あたりを圧《あっ》する音をたてながら、蛾《が》の群《む》れは青い空へと吸《す》いこまれるようにのぼっていく。

まわりの糸繰《いとく》り女《おんな》たちは、飛《と》びだしていく蛾《が》のじゃまをしないようにか、低《ひく》く身をふせていることにミアは気がつきもしない。

一つの繭《まゆ》からはきだされる蛾《が》の群《む》れは、まるで一本の白い糸のようになって空へ上がっていく。糸がほどけていく糸玉のように、大きな繭《まゆ》はみる間に消えていく。

ミアは、あんぐりと口を開けて立ちつくし、その光景《こうけい》をみているだけだ。

空へのぼっていった糸は空中でより集まる。より集まった糸は白い一枚《まい》の布《ぬの》になったようにみえた。さっき、ウスズ様たちを苦しめた天蓋《てんがい》と同じだ。きっとこれは新しい天蓋《てんがい》なのだ。天《てん》蓋《がい》は風に乗って飛《と》んでいく布《ぬの》のように下へとむかう。

小屋のようだった繭《まゆ》がきれいになくなって、天蓋の都がミアのいるところからみおろせた。鏡《かがみ》のような平らな岩肌《いわはだ》が、まわりの崖《がけ》に抱《かか》えこまれて円形に広がっている。やはり建物《たてもの》のようなものはみえない。円形の岩肌《いわはだ》に放射状《ほうしゃじょう》に光る線が何本も入って、下にむかうのがみえる。天蓋《てんがい》はその岩肌《いわはだ》をなでるようにかすめて、下のほうでみえなくなった。

天蓋《てんがい》はそれぞれの蛾《が》になって、まわりの木々を白く染《そ》めるのだろう。そして、何かが侵入《しんにゅう》しようとすれば、また飛《と》びたって一枚《まい》の布《ぬの》のようになりここを守るのだ。

繭《まゆ》が消え、さえぎるものが何もなくなった。みとおしがよくなった地面に自分一人が立っていることに、ミアは気がついていなかった。

「谷の子!」

ミアの後ろで声がした。

ふりむいたミアの目の前を、誰《だれ》かの手のひらがさっとかすめた。おどろいて目をしばたたいたと思った瞬間《しゅんかん》には意識《いしき》がなくなっていた。

第三章　天蓋《てんがい》の都《みやこ》

気がついたらやみの中だ。

どうしてこんな暗いところにいるのか、わからなかった。なんとか起き上がる。やみの中で、目がなれるのを待った。

牢屋《ろうや》だ！　目の前に鉄格子《てつごうし》がある。ミアは鉄格子《てつごうし》ににじりよった。大きな錠前《じょうまえ》がかかってい る。

ぼんやりした頭で、鬼食《おにく》いに入れられたのだと思う。鉄格子《てつごうし》を両手でつかんで、ゆさぶってみたが、ぴくりともしない。

目がやみになれていくにしたがって、となりや前にも同じような檻《おり》があるとわかる。その中には誰《だれ》もいないようだ。大きな牢屋《ろうや》だ。この牢屋《ろうや》に入れられているのはミア一人だ。

助けを呼《よ》んでみよう。助けてくれなくても誰《だれ》か来るかもしれない。その誰《だれ》かから何かきき
だせる。鬼食いが何をしようとしているのか。星《ほし》の音《ね》の赤《あか》ん坊《ぼう》をどうするつもりなのか、知るこ
とができるかもしれない。

ミアは鉄格子《てつごうし》をつかむと、大きく息を吸《す》った。声をあげようとしたとき、むかいの檻《おり》の前で
やみのかたまりが動いた。

生き物だろうか？　檻《おり》に入っているのではない。檻《おり》の前にうずくまっていた。ミアをみてい
た？　ミアが気がつくのを待っていたのだ。やみのかたまりはぺたぺたと乾《かわ》いた足音をたて
て、ぎくしゃくとした歩き方で近よってくる。ぎこちない歩き方だが、思いのほかスピードは
はやい。

なんだ？

ミアは、急に怖《こわ》くなって、つかんでいた鉄格子《てつごうし》から後ろへ飛《と》びすさっていた。

四つんばいになって手をついて歩いているような、腰《こし》が折《お》れ曲《ま》がっている人のような、ミア
がみたことのない歩き方だ。人間かと思ったが頭に耳がある。大きな犬だろうか？

それは、ミアがつかんでいた鉄格子《てつごうし》にとりすがるようにして折《お》れ曲《ま》がった腰《こし》をのばした。

人の顔があった。耳にみえたのは角かもしれない。二つの出っぱりが、あぶらじみてもつれた髪《かみ》の上にのぞいている。ごわついた肌《はだ》にぼろ切れをまとっている。ミアと同じほどの背丈《せたけ》だ。

大きな目だ。今にもこぼれ落ちそうなうるんだ瞳《ひとみ》が、まっすぐにミアをみつめる。目も大きいが、つぶれたような鼻も口も大きい。髪《かみ》にうもれているが耳もある。ミアは、こんな人をみたのは初《はじ》めてだった。

その大きな瞳《ひとみ》がミアをみつめる。痛《いた》いほど視線《しせん》を感じるが、嫌《いや》だという感情《かんじょう》はどういうわけかない。近よってこられたときは怖《こわ》かったが、今は怖《こわ》くはない。その視線《しせん》に、気づかうような、大丈夫《だいじょうぶ》か？　と心配するようなやさしげなものを感じるのだ。

その人は、ミアをみつめていたが、ため息をついてうなだれた。ちがった、というようだ。誰《だれ》かをさがしているようにみえる。

その人は肩《かた》をおとして、また四つんばいのようになって檻《おり》からはなれていく。

「た、助けてください」

ミアの口が勝手に動いた。

角のある人は言葉がわかるかどうかわからないが、頼《たの》んでみようとミアは思った。あわててまた鉄格子《てつごうし》にとりすがる。さっきまで角のある人がにぎっていたせいか、鉄格子《てつごうし》があたたか

い。角のある人の手のぬくもりだ。そのあたたかさにミアの、頼《たの》んでみようという思いが強くなった。

「お願《ねが》いです。助けてください。悪いことをしたわけじゃありません。どうして牢屋《ろうや》になど入れられたのか、わけがわかりません」

そういってしまってから、あとを追いかけてきたのは鬼食いにとって悪いことだったのだと思いなおした。

角のある人は立ちどまった。ミアのほうをふりかえる。声がしたから、声のほうをみたようだ。でも、またミアをみつめるだけだ。

「赤《あか》ん坊《ぼう》をさがしています。星の音様の赤《あか》ん坊《ぼう》をとりもどしたいんです。私《わたし》に赤《あか》ん坊《ぼう》をさがさせてください」

ミアは、悪いことをしたわけではないと必死《ひっし》でうったえた。

角のある人は、「ああ」というようなうめき声をあげた。話すことはできないのだろうか？でも反応《はんのう》はあった。角のある人も、誰《だれ》かをさがしているようだったとミアは思う。

「あなたも誰《だれ》かをさがしているんですか？　私《わたし》もです。助けてください」

助けを呼《よ》んでください、と頼《たの》んだつもりだ。この人では何もできないだろうと思う。

角のある人が、鉄格子《てつごうし》に飛《と》びついた。その突然《とつぜん》の動きにおどろいて、ミアはまた後ずさってしまう。

角のある人の皮の厚《あつ》いふしくれ立った手が、錠前《じょうまえ》をつかんだ。ミアほどの背丈《せたけ》の人の手だ。大きい手ではない。でもその手は、バキッという音とともに軽々と錠前《じょうまえ》をもぎとっていた。

「あ、ありがとうございます」

身をかがめて檻《おり》の外へ出たミアが体を起こしたときには、角のある人の姿《すがた》はない。乾《かわ》いた足音がしたようだったが、すぐきこえなくなった。

ミアは足音がしたほうへ進んだ。

階段《かいだん》があった。ここは地下牢《ちかろう》のようだ。階段《かいだん》をのぼるとドアがあり、簡単《かんたん》に開いた。ミアは広い部屋に出た。

納屋《なや》のようだ。ほこりのにおいがする。木箱や機織《はたお》り機《き》が何台もつみあげてある。物と物の間に通路がある。その通路の先に大きな扉《とびら》があった。角のある人が出ていったばかりなのか、扉《とびら》が風でギィーと音をたてた。きちんと閉《し》まっていない。

ミアは息をとめて、その扉《とびら》のすき間から外をのぞいた。

夜になっていた。

ミアはくちびるをかんだ。時間をむだにしてしまった。王宮からミアを手助けしようと魔女《まじょ》が来ているはずだ。ミアをさがしている。星の音の赤《あか》ん坊《ぼう》はどうしているだろう。

ミアは扉《とびら》から、夜の中にすべりでた。

道に出た。道は左右にのびている。むかいは道にそった手すりだ。道幅《みちはば》は大人が二、三人通れるぐらいで、せまい。出てきた扉《とびら》をふりかえると、扉《とびら》は崖《がけ》についていた。この崖《がけ》の上が繭《まゆ》の里《さと》だ。ミアは山の中腹《ちゅうふく》にほりこまれた牢屋《ろうや》から、納屋《なや》を通って出てきたのだ。

むかいにある手すりの下から、ぼんやりとした灯《あか》りが立ちのぼっていた。

なんだろう？

あたりに人影《ひとかげ》はない。ミアは手すりから下をのぞきこんだ。

「うわー！」

ミアの口から思わず声がもれた。

きれいだった。

これが天蓋の都だ。月も星さえもない漆黒《しっこく》の夜の空の下で、都は巨大《きょだい》な黄金の首飾《くびかざ》りのように光りかがやいていた。光る輪《わ》の中は、平らな岩のゆるい斜面《しゃめん》だ。

ミアが立っている崖《がけ》は、ゆるいカーブをえがいて、平らな岩原を抱《かか》えこんでいる。その崖《がけ》の中に、都で暮《く》らす人たちの家があるようだ。崖《がけ》につけられたたくさんの窓《まど》から灯《あか》りがもれて、またたいている。その灯《あか》りが黄金にかがやくのだ。

ミアの立つ道は、背《せ》に繭の里のある山肌《やまはだ》をもつが、そこから左右にのびる道は、途中《とちゅう》から両はしに手すりがある尾根道《おねみち》のようになる。天蓋の都は山の中腹《ちゅうふく》につきだした盆地《ぼんち》だ。

ミアの下の崖《がけ》にある家々はせいぜい二階だろう。進んで行くほど地面が下へむかうので、崖《がけ》につく窓《まど》のかさなりもふえていく。はるかむこうにみえる真むかいの崖《がけ》には、何階ぶんの窓《まど》があるのだろう。灯《あか》りのまたたきはみえるが、ミアの目ではいくつの窓《まど》がかさなっているのかわかりはしない。

近くの窓《まど》には、灯《あか》りの下でうごめく人の影《かげ》がみえる。大きめの窓《まど》からは、人の話し声や笑《わら》い声《ごえ》が夜風に乗ってミアまでとどく。

そんな声といっしょに、水の音もミアはきいていた。

尾根道《おねみち》の下にある崖《がけ》の中の家々に人の気配はあるが、崖《がけ》が抱《かか》えこむ真ん中の平らな地面に人《ひと》影《かげ》はない。崖《がけ》にある家々の一階から水路が出て、下へむかう。水路は放射状《ほうしゃじょう》になって、ミアの真むかいで一本になるようだ。

その何十本もの放射状《ほうしゃじょう》の水路が水音をたてる。水路は深いものではないらしい。水は、しゃらしゃらと軽い音をたてて下へ流れる。その水路に都の灯《あか》りがゆらゆらとまたたいている。

灯《あか》りを映《うつ》す何十本もの水路は、ミアのちょうど真むかいにみえる家の下で集められて、水は下へおちていくらしい。この都はよほど高いところにあるのだろう。おちていく水の重い地ひびきのような音が、ミアまでとどいていた。

繭の里のおばあさんたちは、鬼食いをお嬢様《じょうさま》と呼《よ》びながら、「まっすぐ都のお館へ帰ればいいのに」といっていた。

お館とはどこだろう？　ミアはまた手すりの下をのぞきこんだ。きっと、水路が集まる真むかいの何階ぶんもの窓《まど》をもつ家がお館だ。

ミアは右へ行ったほうが少しは早く真むかいへ行けそうだと、右側《みぎがわ》の尾根道《おねみち》をかけだした。尾根道《おねみち》はゆるくカーブをえがきながら、のぼったり下ったり、階段《かいだん》がついていたりする。左側《ひだりがわ》は明るい都、右側《みぎがわ》が漆黒《しっこく》のやみ、そんな道を走る。

納屋《なや》を出て初《はじ》めてみたときは、そう大きな都ではなさそうだったが、行けども行けども同じ風景《ふうけい》だ。崖《がけ》の中にある家へどうやって行くのだろう。この道は天蓋の都をかこむだけで、家々へ行く道はほかにあるのかもしれないと疑《うたが》いだしたころ、道幅《みちはば》が広がった。天蓋の都の竜《りゅう》だまりだ。息が上がっていたミアの足に、いきおいがついた。

竜《りゅう》だまりに十頭ほどの竜《りゅう》がとぐろを巻《ま》いて眠《ねむ》っていた。その竜《りゅう》たちの中に、王宮から来た竜《りゅう》はいない。天蓋《てんがい》をつき破《やぶ》ることはできなかったのだろう。それに、王宮の竜《りゅう》たちは竜騎士《りゅうきし》たちとトロル退治《たいじ》に忙《いそが》しく、都へ来る余裕《よゆう》などないのかもしれない。

この竜《りゅう》たちは、荷運びの竜《りゅう》だろうとミアは思う。王宮の竜《りゅう》なら無防備《むぼうび》に眠《ねむ》りこみはしない。竜《りゅう》だまりにかけこんできた足音が、子どものミアのものでも、片目《かため》ぐらいは開ける。

でも、竜《りゅう》は来ていなくとも魔女《まじょ》は来ているはずだ。ミアは、魔女《まじょ》をみつけようとするように暗い空をみあげた。

突然《とつぜん》、強い光がミアをおそった。まぶしくて目を開けていられない。ミアは腕《うで》で目をおおっていた。

「なんだ、子どもか！　てっきり、あのお方かと――」

男の声がした。

立ちつくすミアの腕《うで》を乱暴《らんぼう》につかむ。

やっと薄目《うすめ》を開けると、ランプをさげた若《わか》い男がいた。ミアをたしかめるようにみながら、

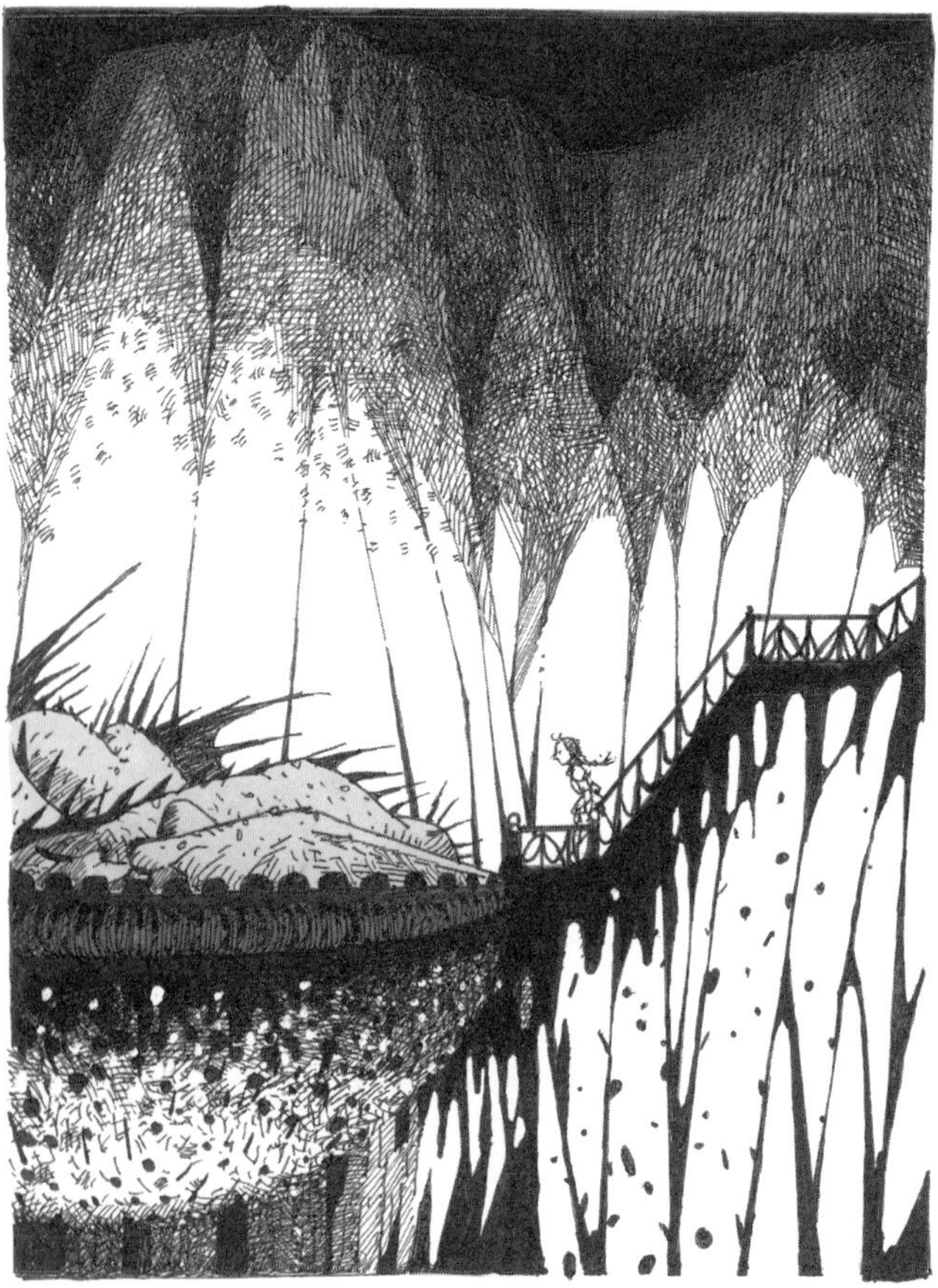

どこかほっとした様子なのが男の声でわかる。

「隊長《たいちょう》、子どもです。女の子です」

報告《ほうこく》するように声をはりあげる。

「人騒《ひとさわ》がせな！」

またちがう声がした。

「上の道を動き回る者がいると知らせがあった。こんなところで遊んじゃいかんだろ」

隊長《たいちょう》と呼《よ》ばれた男が近よってきて、ミアをみてため息をついた。やはり、どこかほっとしたようにみえる。鎖《くさり》かたびらに鉄の胸《むね》あてまでつけて、あごひげをたくわえた大きな男だ。片手《かたて》に槍《やり》をにぎっている。

「たるんどる！　しっかりみはるんだ」

隊長《たいちょう》は部下らしい男たちにどなると、ミアの腕《うで》をとって、ひきずるように歩きだした。

ミアは、しまった、と抵抗《ていこう》するように腰《こし》をおとした。隊長《たいちょう》から逃《に》げるつもりだった。でも、隊長《たいちょう》の力は強い。ミアなどずるずるひきずられてしまう。

隊長《たいちょう》は、竜《りゅう》だまりのはしにある大人一人が通れるほどの穴《あな》へむかう。そこに下へむかう階段《かいだん》があった。そうか、ここからおりるのかと、自分一人ではこの階段《かいだん》をみつけられなかったと思った。きっと夜が明けるまでこの尾根道《おねみち》を行ったり来たりしていた。ミアは、人にみつかってよかったのかもしれないと思っていた。

それに、隊長《たいちょう》は鬼食いの手先ではないらしい。ミアを夜遊びしている子どもだと思いこんでいた。

階段《かいだん》をおりると窓《まど》もない大きな部屋があった。壁《かべ》に槍《やり》や弓が立てかけてあり、七、八人の男たちが長いテーブルで食事をしていた。

「上の道に子どもが入りこんでいたではないか！　何をしていた！」

隊長《たいちょう》がどなると、男たちはばねじかけの人形のようにベンチからたちあがった。

「食事交代です。それに、桑畑《くわばたけ》の空き地に王宮から竜騎士《りゅうきし》様たちがいらしたそうではありませんか」

一人の男が、いいわけのように頭をかいた。

「竜騎士《りゅうきし》様たちが来てくだされば安心です」

男たちはうなずきあう。

「何をいう！　天蓋の都はわれら警備隊《けいびたい》が守る！　竜騎士《りゅうきし》様ばかりを頼《たよ》るわけにはいかん。今は春市《はるいち》で男は入れん！」

隊長《たいちょう》は苦虫をかみつぶしたような顔だ。

「それに、あのお方をおみかけしたといううわさもある」

と、つけたした。

それをきいた隊員《たいいん》たちは、はっとしたように顔をみあわせて、まじめな顔でうなずいた。

隊員《たいいん》たちは槍《やり》や弓をかかえてばらばらと階段《かいだん》をかけあがっていった。

「さあて。今度はおまえさんだ。どこの宿だ？」

隊長《たいちょう》はミアをみおろす。

宿とはどういうことだ？　ミアはまゆをよせてしまった。

「迷子《まいご》か！　こんなときに。いや、こんなときだからか！」

隊長《たいちょう》は口の中で、春市だしなとつぶやいて、ミアの手をひいてその部屋を出た。

警備隊《けいびたい》がいた部屋を出たら、尾根道《おねみち》ほどの道とも呼《よ》べない通路があった。

隊長《たいちょう》に手をつかまれてその道を進む。道は右へ行ったり左に行ったり、何本も枝《えだ》わかれしたりして、下へ下へとむかい、道幅《みちはば》も広くなっていく。ここは崖《がけ》の中だ。窓《まど》はないが壁《かべ》に燭台《しょくだい》がありろうそくがともっていて道は明るい。まるで蟻《あり》の巣《す》のようだ。

壁《かべ》に家々のドアがみえだした。ドアの両側《りょうがわ》にランプがつり下げられて灯《あか》りをともす。

「宿の名は？」

隊長《たいちょう》が歩きながらまたきく。ミアがこたえないでいると、

「この都に来たのは初《はじ》めてか？」

困《こま》ったようにミアをみおろす。ミアは、その問いにはうなずいてみせた。

「一人で来たわけではあるまい。誰《だれ》と来た？」

黙《だま》ったままでいると、隊長《たいちょう》はますますまゆをよせた。

「五、六歳《さい》の子でも誰《だれ》と来たかぐらいはこたえられるだろう。わしが怖《こわ》いのか？」

隊長《たいちょう》はミアがおびえていると思いこんだ。

「嫁《よめ》に行く年ではあるまい。誰《だれ》かのお供《とも》か？」

と、ミアをまじまじとみる。

「お館へつれていったほうがよさそうだな」

隊長《たいちょう》は、ミアのかざり帯《おび》に目をとめた。誰《だれ》かのお供《とも》らしいと思い、手のこんだ刺繡《ししゅう》のかざり帯《おび》に、まずはお館へと思ったらしい。

お館へ行ける。そこにはきっと鬼食いもいる。星の音の赤《あか》ん坊《ぼう》もいる。

ミアはほっとしていた。

隊長《たいちょう》はミアをつれて、岩をくりぬいた道を右へ行き、左へ行き、道についた階段《かいだん》をのぼり下り、斜《なな》め下へ行く。

ミアは、道順《みちじゅん》を覚《おぼ》えようとしていたが、天蓋の都の道は迷路《めいろ》だ。一人では尾根道《おねみち》にもどれっこないとあきらめたころ、王宮の奥《おく》むきのように門番が立つ扉《とびら》の前に出た。

門番は隊長《たいちょう》に目礼すると、何もいわずに大きな木の扉《とびら》を開けた。

扉《とびら》からまぶしい光とたくさんの人たちの話し声や笑《わら》い声《ごえ》、おいしそうなにおいが飛《と》びだしてくる。

玄関《げんかん》ホールのとなりは大きな部屋で、たくさんのテーブルが並《なら》び何十人もの人たちが、食事をしながら談笑《だんしょう》していた。そのむこうは広いテラスだ。そこで食事をしている人たちもいる。テラスの屋根にランタンが一列につり下げられ、夜風に灯《あか》りをゆらしている。

門番の一人が、

「番頭を呼《よ》んでまいります」

と、その部屋の奥《おく》へかけだしていった。

お館とは大きな宿のようだ。天蓋の都に布《ぬの》を買いに来た客が泊《と》まっているのだ。

「お母様、ひよこ色の布《ぬの》も買って」

近くのテーブルの話し声がきこえる。ミアより少し年上にみえる女の子だ。

「あなたの衣装《いしょう》の布《ぬの》を買いに来たのではありません。姉上のですよ」

母親がたしなめたが、目は笑《わら》っていた。

「私《わたし》は薔薇色《ばらいろ》に決めたわ。あと、銀色の布《ぬの》もほしいいし、萌黄色《もえぎいろ》と空色と――」

家族の中で年上の若《わか》い娘《むすめ》が指を折《お》っている。

「もう、あなた方のいうことをきいていたら、荷運びの竜《りゅう》をやとわなきゃいけなくなるわ」

母親はうれしげに笑《わら》う。

春市に来た花嫁《はなよめ》になる娘《むすめ》とその家族らしい。あたりをみまわしたミアは、どのテーブルにいるのも女だけだと気がついた。王宮から来た魔女《まじょ》がまぎれているかもしれないと、ミアは目をこらした。

「連《つ》れはここにいそうか？　よくさがせ！」

隊長《たいちょう》はそんなミアに気づいて、そういってくれる。

そういってもらっても、魔女《まじょ》は人間と同じものを食べられるはずがないことを思いだしたミアは、すぐうなだれてしまった。

門番がやせた小柄《こがら》な男をつれてもどってきた。

「迷子《まいご》ですと？」

ドジョウひげの番頭は、ミアをみてまゆをよせた。

「そうなんだ。上の道にいた。てっきり、あのお方かと――」

隊長《たいちょう》は声をひそめる。番頭もミアをみて、なるほどとうなずく。

あのお方とは誰《だれ》のことだろう？　上の道でみつけた警備隊《けいびたい》の一人も、そういっていた。

「都の中でも、おみかけした者が何人かいるらしくて」

番頭もしぶい顔になると、

「よりによって春市に――。山にはトロルが出たそうじゃありませんか」

と、ため息をついた。

「ああ。偶然《ぐうぜん》なのか、王宮から竜騎士《りゅうきし》様たちが来てくださったようだ。トロルは追いはらっていただけるはずだ」

隊長《たいちょう》は、竜騎士《りゅうきし》たちが鬼食いを、ここではお嬢様《じょうさま》を追ってきたとは思っていない。

「お嬢様《じょうさま》がお帰りなのです」

番頭は隊長《たいちょう》にささやく。

「な、なんと！」

隊長《たいちょう》の声が大きくなって、あわてて自分の口を手でおさえた。おどろいているところをみると、あのお方とは鬼食いのことではないらしい。

お嬢様《じょうさま》が帰ってきたことも知らなかった。

「それも赤子をつれておいでなのです」

番頭はささやくが、そばにいるミアの耳にはとどく。

やはり、鬼食いも星の音の赤《あか》ん坊《ぼう》もここにいる。ミアは、床《ゆか》にすわりこんでしまいたくなるほどほっとしていた。

ほっとしたミアとは反対に隊長《たいちょう》は、

「赤子？　なんで、赤子をつれている？」

と、いぶかしげに首をかしげる。

「お嬢様《じょうさま》は、もらったお子だとおっしゃったそうです。でもなぜ、お嬢様《じょうさま》が赤子をもらわなければいけないのか、お館様はわからないご様子です。その前に、本当にもらったのかと疑《うたが》っておいでです。もしかしてトロルの呪《のろ》いに関係《かんけい》するのではと思っていらっしゃるようです。山に

トロルが出たそうですし」

番頭の言葉に、

「トロルの呪《のろ》いに赤子は関係《かんけい》あるまい」

隊長《たいちょう》はまさかと首をふる。

「今、都が呪《のろ》われているとは思えませんが、あのときを隊長《たいちょう》は覚《おぼ》えていますか？　女ばかりが呪《のろ》われた」

番頭は声をひそめた。

隊長《たいちょう》は、もちろんと大きくうなずく。にぎやかなテーブルから目をそらして、

「わしの母様もあのトロルの呪《のろ》いで死んだ。湿疹《しっしん》から熱《ねつ》が出てどんな薬も効《き》かなんだ」

と母を思ってか、にじんできた涙《なみだ》をおとさぬように目をしばたたかせる。

「お館様のお母様もあのときお亡《な》くなりになりました。お嬢様《じょうさま》は何かご存《ぞん》じなのかもしれませんが、何も教えてくださいません。どうして赤子をつれて帰っていらしたのやら」

番頭は考えこむ様子だ。でも、と顔をあげ、

「お嬢様《じょうさま》は、桑畑《くわばたけ》に女だけが入れる結界《けっかい》をはったそうです。なのに王宮の部屋子が一人、お嬢《じょう》様《さま》のあとを追ってきています」

とまゆをひそめる。

「お嬢様《じょうさま》は王宮の魔女《まじょ》になったのだろう。追ってきたとは？　王宮に逆《さか》らうことになるのか？　もしかして、その赤子は――」

隊長《たいちょう》は、さらってきたのかといいたいらしいが、あたりをはばかって口には出さない。

「だからお館様もご心配なのです。お嬢様《じょうさま》は、追ってきた部屋子は山の牢屋《ろうや》へ閉《と》じこめたとおっしゃっていました。結界《けっかい》から桑畑《くわばたけ》へ入りこんだからには女でしょう」

番頭は、ミアを疑《うたが》わしそうにみた。

「この子は上の道でみつけた。牢屋《ろうや》と上の道は近いが、まさか、あの牢屋《ろうや》を出ることはできまい」

隊長《たいちょう》は、鼻で笑《わら》い飛《と》ばす。

ミアは、追いかけてきたのは自分だと知られるわけにはいかない、と青くなった。せっかくお館まで来たのに、また牢屋《ろうや》へ入れられたくはない。なんとかここから逃《に》げだそうと、じりじりと隊長《たいちょう》から後ずさりしだしていた。

「『生意気な子よ』と、お嬢様《じょうさま》がおっしゃいました。この子がその部屋子なのでは？」

番頭は、ドアへむかってかけだすミアに気づいた。隊長《たいちょう》は、大きな体のわりにすばやくドアの前に動いていた。

「おまえは王宮から来たのか？」

ミアの腕《うで》をつかまえてしまう。

「はなして、はなしてください！」

全力で体をゆらして抵抗《ていこう》しても、隊長《たいちょう》の手はしっかりとミアの腕《うで》をつかまえている。

「牢屋《ろうや》へもどってもらおうか」

「嫌《いや》です。はなして！」

ミアの声が大きくなる。その声に、食事をしている人たちの視線《しせん》が飛《と》んできた。

第四章　思わぬ助《すけ》っ人《と》

隊長《たいちょう》がミアをつかまえようとする騒《さわ》ぎに、食事をする人たちが手をとめだした。

「なんでもございません。お騒《さわ》がせいたしまして、申しわけございません」

番頭がぺこぺことおじぎをして、隊長《たいちょう》に、早くつれていけと手をふる。

隊長《たいちょう》はミアをかかえあげて、騒《さわ》がれないようにと片手《かたて》でミアの口をふさごうとした。

「おお、谷の子ではないか。どうしおった？　その子をはなせ！」

ききなれた声がした。

いつのまにかお館の玄関《げんかん》のドアが開いていた。入ってきたのはマカド様だ。

マカド様は、いつも真っ白いチュニックだ。でも今は旅行着なのか、青い短めのチュニックに、同じ色のマントをはおっている。みまちがいかと思ったが、やはりマカド様だ。

「何ごとだ⁉　その子をはなしおれ！」

ミアをおさえつけようとする隊長《たいちょう》へ目をやる。王宮の宝物殿《ほうもつでん》の主《あるじ》だ。どこにいてもただならぬ威厳《いげん》がただよう。

マカド様の視線《しせん》がつきささったように、隊長《たいちょう》の手がミアからはなれた。ミアは転がるようにマカド様へかけよった。

「無事《ぶじ》か？」

マカド様がミアの体へ目を走らせる。ミアは、大丈夫《だいじょうぶ》だとうなずいた。

「みつかったか？」

星《ほし》の音《ね》の赤《あか》ん坊《ぼう》のことだ。

「お館に、ここに、いるはずです」

それしかわからない、とミアはくちびるをかむ。あまりに情《なさ》けなくて涙《なみだ》が出そうだ。うなだれたミアの肩《かた》をマカド様がやさしく抱《だ》きかかえてくれる。そのあたたかい手のぬくもりにますます泣《な》きたくなってしまった。

ミアを抱《だ》きかかえたマカド様は、ぐいと頭をあげて、隊長《たいちょう》と番頭をひたとにらんだ。マカド様の眼力《がんりき》に二人はたじろいで後ずさる。

「王宮のマカドじゃ」

マカド様は、マントのすそをはらって腰《こし》にさした斧《おの》をみせた。

隊長《たいちょう》も番頭も一大事というように顔をみあわせた。ミア一人なら、また牢屋《ろうや》へほうりこむこともできる。でも、王宮から来たと名乗り、威厳《いげん》ただようマカド様もいっしょでは、そうはいかない。王宮に正面からたてつくことになる。

「今、主《あるじ》を呼《よ》んでまいります」

番頭がかけだしていく。

「どうぞ、おすわりください」

隊長《たいちょう》がそばのいすをすすめる。

「いらん。オゴと一日じゅう馬車にゆられてきた。地面がまだゆれているようだ。すわりっぱなしというのも、つらいものじゃ」

マカド様はいらいらと歩き回る。

隊長《たいちょう》は、そんなマカド様をどうしたらいいのかわからずに、ただみつめるだけだ。

ミアも、本当にマカド様だといまさらのようにおどろいていた。

マカド様は王宮にいても宝物殿《ほうもつでん》から出ることはめったにない。なのに、王宮の外のこんなところまで来てくれた。どうして来てくれることになったのか見当もつかないが、味方がいるというれしさと、まさかマカド様が！　と信《しん》じられない思いで、マカド様をみつめずにはいられない。

隊長《たいちょう》とミアにみつめられて、マカド様はいごこちが悪くなったらしい。

「オゴと＊御者《ぎょしゃ》を二人つれてきたのじゃが、男は入れんと天蓋《てんがい》の都《みやこ》の門で足どめをくらってのぉ」

と、ひとりごとのようにいいだした。

「春市《はるいち》なもので――」

しょうがない、と隊長《たいちょう》があやまる。

「花嫁《はなよめ》衣装《いしょう》を花婿《はなむこ》にみられると縁起《えんぎ》が悪いといいおった。そんなことでうまくいかぬ縁組《えんぐ》みなど、ろくな縁《えん》ではなかろうぞ」

マカド様は、つまらんと盛大《せいだい》に鼻をならす。

まわりで食事をしている人たちはみな春市に来た花嫁《はなよめ》とその母親や姉妹《しまい》だ。隊長《たいちょう》がマカド様の声の大きさにあわてている。

「この都の門はどこにあるのですか？」

話題を変《か》えたほうがいい、とミアがきいた。

「谷の子は空から山をこえ、桑畑《くわばたけ》から来たのじゃな。わらわは馬車で地上を来た。馬を途中《とちゅう》で二度かえた。それでも、さっき着いたばかりじゃ。この屋敷《やしき》の下に滝《たき》がある」

ミアはうなずいた。何本もの水路を流れる水がここに集まっていた。

「その滝《たき》の後ろにこの都の門がある。滝壺《たきつぼ》は大きくてまるで湖じゃ。そのまわりに宿があった。オゴたちはそこにいる。おまえと赤子のほかにわらわのことまで心配することになったゆえ、オゴは今にも倒《たお》れそうな青い顔をしておった」

マカド様はハハッと笑《わら》う。

そんなオゴがみえるようで、ミアはまた、

「すみません」

と、うなだれてしまった。

「おまえがあやまることではなかろう。とにかく、おまえに会えてほっとしたぞ」

マカド様はミアにほほえむと、

「魔女殿《まじょどの》たちが寝《ね》こんでおるのじゃ。熱《ねつ》があるという。動けんでなぁ。おまえの手助けをする魔女殿《まじょどの》がおらんのだ。魔女殿《まじょどの》が寝《ね》こむなど不思議《ふしぎ》なこともあるものよのぉ」

＊御者《ぎょしゃ》…馬をあやつり、馬車を走らせる人

と首をかしげる。

「えっ」

ミアは顔をあげてマカド様をみた。だから、マカド様がこんなところまで来てくれたらしい。

「魔女殿《まじょどの》ばかりじゃないぞえ。王宮の女たちも寝《ね》こむ者が多くてのぉ。医者はてんてこまいじゃや。原因《げんいん》がわからぬらしい」

うーんとうなったマカド様の話に、隊長《たいちょう》がはっとしたように体を硬《かた》くしたのがわかった。

「王宮がトロルに呪《のろ》われているのですか？」

ミアが隊長《たいちょう》をみた。さっき番頭と、トロルの呪《のろ》いは女ばかりが呪《のろ》われるといっていた。

隊長《たいちょう》はくちびるを固《かた》く結《むす》んでしまった。話すものかという意思表示《いしひょうじ》だろう。

「谷の子、そのトロルの呪《のろ》いとやらは、なんじゃ？」

マカド様が、ミアと隊長《たいちょう》を忙《いそが》しくみくらべる。そこへ、番頭が一人の男をつれて小走りにもどってきた。

番頭とお館の玄関《げんかん》ホールにかけこんできた男は、白髪《しらが》まじりの黒い髪《かみ》を後ろで一本にたばねていた。灰色《はいいろ》のチュニックのすそをひるがえして走る姿《すがた》は若々《わかわか》しいが、オゴよりは若《わか》くウスズ様よりは年上にみえた。背《せ》は高く、やせているわけでもないのに華奢《きゃしゃ》な感じがする。

ミアは、谷底《たにぞこ》の村の祖父《そふ》やおじたち、王宮の竜騎士《りゅうきし》たちのように、がっしりとした体つきの男たちしかみたことがない。小柄《こがら》な老人《ろうじん》のオゴでさえ、毎朝斧《おの》をふる。腕《うで》など太くたくましい。

この都は布《ぬの》をあつかう。商人だからだろうか。かつて知り合った「けもの屋」のザラの父親も商人だが、大きなけものをあつかうせいか竜騎士《りゅうきし》に似《に》ていた。

こんな男の人をみるのは初《はじ》めてだと、ミアはマカド様の前でかたひざをついた人をみつめた。

ひげもないつるりとしたやさしげな顔立ちだ。マカド様をみあげた灰色《はいいろ》の瞳《ひとみ》が、うれしげにかがやいているようにミアにはみえた。

「王宮の宝物殿《ほうもつでん》のマカド様でいらっしゃいますか」

外見に似合《にあ》いのやさしげな声が、興奮《こうふん》したように上ずっている。

マカド様はさっき「王宮のマカドじゃ」といっただけだ。王宮の外で暮《く》らす人たちは、王宮に宝物殿《ほうもつでん》があることなど知らないはずだとミアは思う。

マカド様も不審《ふしん》に思ったらしい。けわしい顔でその人をみおろす。

「天蓋の都をたばねます、この館の主《あるじ》でハタヤと申します」

この男がお館様と呼《よ》ばれる人だ。ハタヤと名乗った男は、きらめく瞳《ひとみ》でマカド様をうれしそうにみあげた。反対に、マカド様のまゆはますますひそめられていく。

ハタヤはやっと、マカド様のいぶかしげな様子に気がついた。

「そ、その、私《わたくし》どもが王宮におさめます絹《きぬ》の中でも、白絹《しろぎぬ》は極上《ごくじょう》のものでございます」

うろたえたように早口になった。

王宮でつかうものは、食べるものから着るものまで、王宮のそばにある岩山《いわやま》の都《みやこ》に集められる。そこでふるいにかけられて選《えら》ばれたものだけを、荷運びの竜《りゅう》たちが門を通って王宮に運んでいく。王宮で着る絹《きぬ》も、天蓋の都から岩山の都の門を通ってやってくる。

「王宮へおさめます絹《きぬ》の中でも、貴重《きちょう》な山繭《やままゆ》からしかとれない布《ぬの》をお好《この》みの方がいらっしゃるときき、恐《おそ》れ多《おお》いことでしたが、一度、どなたなのだろうとお名前をきいたことがありました」

ハタヤは感きわまったように言葉をとぎらせた。外見の印象《いんしょう》も初《はじ》めてみる男だったが、ミアにはこの人がよくわからない。単純《たんじゅん》に、マカド様が想像《そうぞう》以上《いじょう》にすばらしいお方だとあがめているようにもみえる。反対に、おせじをまくしたてる薄《うす》っぺらな口先だけの男のようにもみえた。おせじをいいながら、鬼食《おにく》いをどこかへ逃《に》がそうと時間かせぎをしているのかもしれないと勘繰《かんぐ》ってしまう。

「せじをきいてるひまなどない！」

マカド様は一刀両断《いっとうりょうだん》に切《き》り捨《す》てた。

ハタヤは、ビクリとまばたきして、われにかえったようにしゃんとたちあがった。

「王宮につかえていた魔女《まじょ》が赤子をさらって、ここへ逃《に》げこみおった。赤子をかえしてもらおうかのぉ」

マカド様は、ずいっと一歩前にふみこんだ。

「姉上は、あのお子を王宮のどなたかから、さらってきたのですね」

ハタヤは鬼食いを姉上と呼《よ》んで、肩《かた》をおとした。どうみてもハタヤのほうが年上に、父親ほどにもみえる。でも鬼食いの本当の年は六十歳《さい》のようだ。ハタヤが姉上と呼《よ》んでもおかしくはない。

「竜騎士《りゅうきし》ウスズ殿《どの》と奥方《おくがた》の魔女《まじょ》、星の音殿《どの》の赤子じゃ」

マカド様の声が矢のように飛《と》ぶ。

「竜騎士《りゅうきし》様と魔女《まじょ》様のお子ですか。竜騎士《りゅうきし》様たちが桑畑《くわばたけ》の空き地にいらしたのは、姉上を追い

かけていらしたのですね。トロルが出たとはいえ、ずいぶん早くかけつけていただけたものだと——」

ハタヤは、グッとくちびるをかんだ。

「その空き地でトロルがあらわれた印《しるし》をみつけたそうじゃ。今はウスズ殿《どの》もトロル退治《たいじ》をしている」

マカド様が、ウスズ殿《どの》はどんなに心配しているだろうと、ため息をついた。

「姉上は、トロルの呪《のろ》いが動きだしたと思っているのだろうか」

ハタヤが口の中でつぶやく。

「あのお方が都にあらわれたようです」

と番頭がつぶやいた。

「なんだと！　なぜ報告《ほうこく》せん！」

ハタヤのやさしげな顔が一気にけわしくなる。

「うわさだけです。たしかめてからと思いました」

隊長《たいちょう》のいいわけをハタヤは、ききたくないというように片手《かたて》をあげてとめる。

「姉上のところへ。マカド様とごいっしょに。隊長《たいちょう》はあのお方をさがしてくれ」

ハタヤはもう、はや足で歩きだしていた。

ハタヤはお館の中の廊下《ろうか》を進む。お館はこの都をたばねるほかに宿屋もかねている。廊下《ろうか》には同じ間隔《かんかく》で同じドアが並《なら》んでいる。食事をしていた人たちが泊《と》まる部屋なのだろう。

ハタヤは、事情《じじょう》を説明《せつめい》するように、早口で話しだした。

「私《わたくし》は姉上と呼《よ》んでおりますが、正式には、叔母《おば》にあたります。私《わたくし》の祖父《そふ》の養女《ようじょ》なのです。姉上は六十年前、トロルから繭《まゆ》の里《さと》に逃《のが》れてきた魔女《まじょ》の産屋《うぶや》で生まれました。繭の里の女たちがその産屋《うぶや》を隠《かく》したのですが、トロルたちは、それはしつこく追いかけ回したそうです」

「魔女《まじょ》のお産《さん》は危険《きけん》だときいたことがある。けものはもちろんのこと、魔女《まじょ》の赤子を食べると寿命《じゅみょう》がのびると、トロルや吸血《きゅうけつ》一族もねらうそうじゃのぉ」

マカド様もそのことは知っていたらしい。

ミアは、鬼食いが、星の音の赤《あか》ん坊《ぼう》をトロルへやるつもりかもしれないと青くなった。

「姉上の母の魔女《まじょ》は、生まれたばかりの赤子の姉上をかかえて、トロルから逃《に》げ回《まわ》りました。天蓋の都の警備隊《けいびたい》も、王宮から竜騎士《りゅうきし》様たちも来てくださりトロルと戦《たたか》い、その戦《たたか》いは何日にもおよんだそうです。その戦《いくさ》で姉上の母は亡《な》くなり、乳飲《ちの》み子《ご》だった姉上の行方《ゆくえ》がわからなくなりました。みんなトロルにつかまったと思っていたそうですが、三年後に姉上が都にあらわれ、祖父《そふ》の養女《ようじょ》になったのです。三歳《さい》とはいえ、魔女《まじょ》ですので、私《わたくし》たちの三歳《さい》とはちがっていたのでしょう」

ハタヤは、外見は三歳《さい》とはいえ魔女《まじょ》なのだから気持ちは大人びていただろうといいたいらしい。

「おお、母御《ははご》は亡《な》くなったのか。かわいそうにのぉ。ふーむ。そして三歳《さい》の鬼食いがあらわれたということか？　その三歳《さい》になるまでに何かがあったわけじゃな？　何があった？」

マカド様がハタヤをみた。

「それが、姉上は何も話してはくださらないのです。姉上が赤子だったときの、その三年間にあった何かがトロルの呪《のろ》いの原因《げんいん》のように思えるのです」

ハタヤは、立ちどまって「さすがマカド様！　話が早い！」というように、ほれぼれとした目でマカド様をみている。

このままでは、またマカド様にしかられてしまう。ミアは、ハタヤのチュニックを引っぱってやった。

はっとわれにかえったハタヤは、てれた様子でまた歩きだそうとした。

「お館様！　お嬢様《じょうさま》がいません」

廊下《ろうか》のむこうから女の人の声がした。

髪《かみ》を布《ぬの》で包《つつ》んだ前掛《まえか》け姿《すがた》の女の人が廊下《ろうか》を走ってくる。召《め》し使《つか》いらしい。

「赤子もいないのか？　みはっていろといったではないか！」

ハタヤの声が飛《と》んだ。

「少し眠《ねむ》るとおっしゃるので」

召《め》し使《つか》いはうなだれた。目をはなしたらしい。

「どこへ行ったのだ？　警備隊《けいびたい》に連絡《れんらく》して都じゅうをさがさねば」

ハタヤは来た方向へもどりだす。ミアとマカド様もハタヤのあとを追った。

「門から外へ出たはずはない。変《か》わったことがあればすぐ連絡《れんらく》するように、いいつけてある」

「お嬢様《じょうさま》は、ほうきで都をお出になったのでは？」

召《め》し使《つか》いが、あっと顔をあげていった。

「姉上は、赤子をかかえていたが、ほうきはもっていなかった」

ハタヤは、空から都を出てもいないと首をふった。

あわてて また玄関《げんかん》ホールへもどると、ハタヤは番頭に、警備隊《けいびたい》に知らせるよういいつけた。

食事をしている何人かが、

「赤《あか》ん坊《ぼう》が泣《な》いてないかしら？」

と、テラスの外をみたのにミアは気がついた。たしかに、赤《あか》ん坊《ぼう》の泣《な》き声《ごえ》がする。

「洗《あら》い場《ば》です！」

やはり泣《な》き声《ごえ》に気がついたハタヤがテラスへかけだす。下へおりる階段《かいだん》がテラスにあった。岩原にたくさんの水路がつけられて、お館へ放射状《ほうしゃじょう》に集まる。水路の底《そこ》はそう深くはない。

ミアのひざぐらいだ。幅《はば》も大人の肩幅《かたはば》ぐらいだ。

ハタヤを先頭に、放射状《ほうしゃじょう》につけられた水路と水路の間を走る。

「ここは何をするところじゃ？　この水路はなんじゃ？」

マカド様が、変《か》わった地面じゃとハタヤにきく。

「繭の里で繰《く》った糸をこの都で織《お》って染《そ》めます。染《そ》め上《あ》がった布《ぬの》をこの水路でさらして洗《あら》います。色とりどりの布《ぬの》がこの水路にさらされる風景《ふうけい》は、それはきれいなのですよ」

ハタヤは、明日にでもマカド様におみせしたいとつけたした。

赤《あか》ん坊《ぼう》の泣《な》き声《ごえ》は、ハタヤが洗《あら》い場《ば》と呼《よ》んだこの岩原の真ん中からきこえる。必死《ひっし》で走るうちに、あたりはまわりの家々からの灯《あか》りがなんとかとどく薄暗《うすぐら》いやみになっていた。

「姉上！」

とハタヤが叫《さけ》んだ。

おくるみに包《つつ》んだ赤《あか》ん坊《ぼう》をかかえた鬼食いが、やっとみえた。

「来ないで！」

鬼食いは泣《な》く赤《あか》ん坊《ぼう》を抱《だ》きしめる。

「赤子をどうするつもりなのじゃ！」

立ちどまったマカド様が、かえせというように腕《うで》をさしのばす。

「姉上、あのお方が都にいらしているようです。姉上がここにいてはいけません。せっかく王宮にめしかかえられたというのに」

ハタヤが声をひそめる。でも、断固《だんこ》とした口調で、ここにいてはいけないという。

「赤ちゃんは、おなかがすいているんじゃないですか？」

赤《あか》ん坊《ぼう》は泣《な》いている。泣《な》いているが、声に力がないような気がする。ミアは気が気ではない。この赤《あか》ん坊《ぼう》は魔女《まじょ》になる子だ。星の音が魔女《まじょ》の乳《ちち》しか飲めまいといっていた。このままでは死んでしまう。

「あのお方が、なんとかするわ」

鬼食いは、なげやりに鼻で笑《わら》った。

「姉上、あのお方にその赤子をさしだすつもりですか！」

ハタヤの口調には、まさかと思っていたが、やはりそうなのかといった落胆《らくたん》がにじむ。

「あのお方とは誰《だれ》のことじゃ？」

マカド様が、わかるか？　というようにミアをみる。

わかりません、とこたえようとして、警備隊《けいびたい》の人も警備隊長《けいびたいちょう》も上の道で、ミアとあのお方をみまちがったことを思いだした。みなが『あのお方』と呼《よ》ぶので、なにやら偉《えら》そうな人を想像《そうぞう》していた。ミアを牢屋《ろうや》から出してくれた人が、きっとあのお方だ。

「私《わたし》ぐらいの背丈《せたけ》で、かたそうなごわついた肌《はだ》の、力が強い――」

あの人のことを一言でいいあらわす特徴《とくちょう》があった。とっさにそれが思いだせない。ミアはいらいらと牢屋《ろうや》でのことを頭に浮《う》かべた。

「あ、そうです。角です。角がありました」

ミアは両手でこぶしをつくって自分の頭の上に乗せてみせた。

「角があるのかえ。角があればトロルじゃろうのぉ。じゃが、谷の子ほどのトロルなどおらん

ぞや。よちよち歩きの赤子のトロルとて、わらわほどはあろう」

マカド様は、あのお方とはいったい何者だと宙《ちゅう》をにらむ。

「トロルなのです」

ハタヤが、赤《あか》ん坊《ぼう》をはなすものかと抱《だ》きしめる鬼食いをみながら口を出した。

「姉上の養父母《ようふぼ》となった私《わたくし》の祖父《そふ》と祖母《そぼ》が、姉上にまとわりつく者は、トロルなのだと教えてくれて、『あのお方』と呼《よ》んだのです。それ以来《いらい》、天蓋の都や繭の里では『あのお方』と呼《よ》んでおります」

ハタヤはそう教えてくれながら、どうしてだろうといまさらのように首をかしげる。

「鬼食いにまとわりつくのかえ？」

マカド様が首をかしげた。

「はい。思いだしたようにあらわれるのです。小さいころの姉上は、怖《こわ》がって泣《な》きながら逃《に》げ回《まわ》ったものです。姉上を傷《きず》つけたりするわけではないのですが、あの姿《すがた》ですし、姉上ばかりではなく都の子どもたちも怖《こわ》がります。親たちは今でも『いい子にしていないとあのお方が来るぞ』と、子どもをおどかします」

ハタヤは、それで姉上は王宮へ逃《に》げだしたのだ、とため息をついた。

「私《わたくし》が子どものころは、ほかの子どもたちといっしょに、あのお方に石を投げたりして追いはらおうとしたものです。そんなところを祖父《そふ》や祖母《そぼ》にみつかると、ひどくしかられました。二人とも、あのお方を姉上に近よらせまいとはしましたが、どこか大事にするようなところもありました」

「ふむ。なぜじゃろうのぉ。あのお方と呼《よ》んでるわけじゃしなぁ」

マカド様は、そのわけをおまえは知っておるのじゃろう、と鬼食いをにらむ。鬼食いは、もう泣《な》き疲《つか》れて声もない赤《あか》ん坊《ぼう》をかかえ、かがみこんでいる。

ミアは、鬼食いはあのお方のことをききたくなさそうだと思った。そして、あのお方はみためは怖《こわ》いけど、どこか悲しそうだったとも思う。

「私《わたくし》の母たちが亡《な》くなった三十年前のトロルの呪《のろ》いのときも、あのお方は都にあらわれました。あのときも春市でした。でも、その後も何度か都にあらわれましたが、呪《のろ》いで人が死ぬようなことはありませんでした。五年前、姉上が王宮の魔女《まじょ》となり、もう天蓋の都であのお方の姿《すがた》をみることはないと安心しておりました」

ハタヤが、ため息をついた。

「おお、三十年前もこの都はトロルにおそわれたなぁ。王宮から竜騎士殿《りゅうきしどの》たちが成敗《せいばい》にでかけ

た。あのお方とやらは、山のトロルたちといっしょに行動しておるのか?」

マカド様は、昔のトロルの襲撃《しゅうげき》を覚《おぼ》えていた。

「獲物《えもの》をさがして山をわたり歩くトロルたちといっしょではないのでしょう。トロルとはいえ、大きさがぜんぜんちがいます。あのお方は、きっとこのあたりの山にいるのだと思います。そして、姉上をさがして、たまに都へおりてくるようです」

ハタヤは、竜騎士《りゅうきし》たちが戦《たたか》っているトロルとあのお方は、いっしょにいるわけではないと首をふり、

「でも、三十年前も今と同じです。春市で、あのお方があらわれて、トロルまで!」

偶然《ぐうぜん》だろうかとまゆをよせた。

ハタヤは、あのお方とトロルの呪《のろ》いと山にあらわれたトロルの関係《かんけい》がわからないと、首をかしげる。

「また三十年前のように、呪《のろ》いで人が死ぬやもしれません」

ハタヤのため息は深い。

「呪《のろ》われるのは、みな、おなごばかりなのかえ。どうしておなごばかりなのじゃ?」

マカド様が首をかしげる。

ミアも、不思議《ふしぎ》に思っていた。王宮では魔女《まじょ》たちまで寝《ね》こんでいる。

「それが、私《わたくし》どもにもよくわかりません。女の方のほうが肌《はだ》が弱いからでしょうか？」

ハタヤにもわからないらしく、小さく頭をふるばかりだ。


ハタヤは、ともかくというように、ふっていた頭をあげて鬼食いをみた。

「姉上、お願《ねが》いです。赤子をマカド様へおかえしください。これは弟としてではなく、この都をたばねる者としての頼《たの》みです。山にトロルが出ました。赤子をとりもどそうと姉上を追ってきた竜騎士《りゅうきし》様たちが、今トロルを退治《たいじ》しようとしてくださっています。王宮に逆《さか》らうわけにはいきません」

ハタヤの言葉が終わらないうちに、地ひびきがして地面が大きくゆれた。ウォーというけもののような叫《さけ》び声《ごえ》もきこえてくる。

「竜騎士殿《りゅうきしどの》たちは苦戦《くせん》しておるようじゃのぉ」

マカド様が、声のする桑畑《くわばたけ》の上の山をみあげた。

あの叫《さけ》び声《ごえ》はトロルの声なのだろうか。竜騎士《りゅうきし》たちをたばねるアマダ様が、『トロルは昼は薄暗《うすぐら》いところで寝《ね》ている。そこをおそう』といっていたことを、ミアは思いだした。きっと、日が暮《く》れてトロルが目覚《めざ》めて動きだす前に退治《たいじ》するつもりでいたのだろう。

なのに、声がするということは、マカド様のいうとおりまだ戦《たたか》っているのだ。魔女《まじょ》たちが寝《ね》こんでいるとなれば、この戦《たたか》いは長引くかもしれない。

「姉上、この都は王宮に守っていただいているのですよ。それにここ何十年と昔のように量《りょう》がとれない今、都であつかう絹《きぬ》のほとんどは王宮で買っていただくのです」

王宮に逆《さか》らうわけにはいかない。赤子をかえしてくれと、ハタヤは小さい子どもをさとすようにやさしく鬼食いに話しかける。

「呪《のろ》いを、トロルの呪《のろ》いをときたいのよ」

鬼食いが意を決したように頭をふりあげた。

「女たちが呪《のろ》われて死んだわ。あなたのお母様だって亡《な》くなった。大好《だいす》きだった。魔女《まじょ》の私《わたし》を家族としてあつかってくれた。姉として私《わたし》をかばい、母のように慈《いつく》しんでくれた。私《わたし》はこの人に愛《あい》してもらってる、たいせつにしてもらってると毎日感じた。その人を死なせたのよ。トロルの呪《のろ》いのせいよ。王宮でも寝《ね》こんでいる女たちがいる。みんな誰《だれ》かのたいせつな人よ。呪《のろ》いなんかで死なせるわけにはいかない。あんな悲しい思いを、もう誰《だれ》にもさせたくない！」

鬼食いは、ハタヤの母親をトロルの呪《のろ》いで死なせたことが悔《くや》しくてたまらないらしい。目ににじんだ涙《なみだ》を、頭を強くふってふりはらおうとする。

ハタヤの母親は、鬼食いと姉妹《しまい》として育ち、やがて母のような存在《そんざい》になっていったのだ。

「トロルの呪《のろ》いは、あのお方が呪《のろ》っているんですか？」

ミアは鬼食いをみた。鬼食いは、ふんというように目をそらしてしまう。おまえになどこたえるつもりはないというようだ。王宮で『谷の子』は人並《ひとな》みにあつかってもらえない。こんなあつかいにはなれている。

「どうして、あのお方は呪《のろ》ったりするんですか？　赤ちゃんを、あのお方へさしだせば、トロルの呪《のろ》いはとけるんですか？」

ミアは、しかたがないのでハタヤにきいた。

ハタヤは、わからないと首をふる。

鬼食いの抱《だ》く赤《あか》ん坊《ぼう》はもう声もなく、ぐったりしているようにみえる。

「あのお方とやらは本当にトロルかえ。トロルが呪《のろ》ったりできるものかのぉ」

ミアの背丈《せたけ》ほどのトロルなどいない、というマカド様がけげんそうに首をかしげる。

鬼食いは、そうだともちがうともいわない。口を真一文字に結《むす》んでしまった。

第五章　あの方の呪《のろ》い

ウッ、ウッと低《ひく》いうなり声がきこえた。

ミアもマカド様もハタヤも声のほうをみた。

都の灯《あか》りがやっととどく薄暗《うすぐら》いやみの中に、両腕《りょううで》をたらしたけもののようなあのお方があらわれた。

ミアもマカド様もハタヤも、鬼食いとあのお方を忙《いそが》しくみくらべた。鬼食いも、警戒《けいかい》するようにミアたちとあのお方をみくらべている。あのお方だけが低《ひく》くうなりながら、まっすぐに鬼食いをみつめていた。

あのお方のうなり声が、水路を流れる水の音とあいまってか、何かの歌のようだ。強弱があるような、言葉にならない言葉のようにきこえてくる。

「やはり、こやつが呪《のろ》っておるのじゃ！」

マカド様には呪《のろ》っているようにきこえたらしい。ゆるさん！　とばかりに腰《こし》の斧《おの》を引きぬいた。

うなり声が大きくはっきりとしてくる。何かいいたいのだとミアは思う。呪《のろ》いの言葉なのだろうか？　ミアには歌っているようにもきこえる。

「成敗《せいばい》してくれるわ！」

マカド様は斧《おの》をふりあげて、あのお方へ飛《と》びかかろうと身がまえた。

それをみた鬼食いが、マカド様より先に！　というように、赤《あか》ん坊《ぼう》をかかえてあのお方へむかって飛《と》びだしていく。

ミアには、鬼食いがマカド様の斧《おの》からあのお方を守ろうとしたようにみえた。

「姉上、やめてください！」

あのお方へ行き着く前に、鬼食いの腰《こし》にハタヤが飛《と》びついてとめた。

「マカド様、待って、待ってください！」

ミアも、マカド様の前に両腕《りょううで》を広げて飛《と》びだしていた。

「谷の子、どけ。じゃまじゃ、どくのじゃ！」

マカド様のまゆがつりあがる。

「待ってください」

マカド様をとめてしまいながらも、ミアは、自分がどうしてあのお方をかばいたいのかがわからない。とにかく今、マカド様とあのお方を戦《たたか》わせるわけにはいかないと思う。

マカド様は斧《おの》の民《たみ》だ。宝物殿《ほうもつでん》の主《あるじ》でも毎朝斧《おの》をふる。それに、若《わか》いころは竜騎士《りゅうきし》になりたかったという。斧《おの》の腕《うで》には自信《じしん》があるのだろう。でも、あのお方だって、背丈《せたけ》はミアほどだが力は強い。そしてぎこちない歩き方なのに、妙《みょう》にすばやく動くことができる。二人が戦《たたか》えば、どちらかが大けがをする。

「あやつめが呪《のろ》っておるのじゃぞ!」

マカド様のまゆはつりあがったままだ。

「私《わたし》は牢屋《ろうや》で助けてもらいました。あのお方も誰《だれ》かをさがしているようでした。鬼食いをさがしていたのでしょうか?　赤《あか》ん坊《ぼう》をさがしているといったら助けてくれました」

ミアは、悪い人ではないかもしれないといいはった。あのお方のことを、鬼食いとのことを知りたいと思う。

「赤子をやるわけにはいかんぞや」

だからといってゆるすわけにはいかないと、マカド様が怖《こわ》い顔で首をふる。

ミアは、何かが気になって、あっとあのお方をふりむいた。

あのお方は、こぼれ落ちそうな大きな瞳《ひとみ》を涙《なみだ》でぬらして、うなりながら鬼食いのほうへ両手をさしのべている。気になったのは、うなり声だ。あのお方は、あの手に赤《あか》ん坊《ぼう》を抱《だ》きたいのかもしれないとミアは思う。あのお方のうなり声は歌だ。あのお方のうなり声は歌にきこえる。

「歌です。歌っているんです」

ミアは、どこかできいたような気がした。どこでだったろう？　いらいらと、どこできいたのか思いだそうとした。

マカド様は、けげんそうな顔をしたが、耳をすますように首をかたむけた。

「おお、谷の子のいうように歌にもきこえるわなぁ」

マカド様もうなずく。

眠《ねむ》くなるような、やさしく、おだやかな旋律《せんりつ》。言葉もよくききとれない。小雨《こさめ》の音にも負けてしまいそうなほど低《ひく》い声で歌う。

ミアは思いだした。

「繭《まゆ》の里《さと》の糸繰《いとく》り女《おんな》たちが歌う糸繰《いとく》り歌《うた》です。同じものです」

「回れ、回れ、カイコ」ときこえたと思った。そばで糸車が回っていた。カイコもいた。それでミアはききまちがってしまった。糸繰《いとく》り女《おんな》たちも、あのお方が歌うように歌っていたのだ。

あのお方がなんと歌っているかミアにはわかった。

「眠《ねむ》れ、眠《ねむ》れ、かわいい子」

ミアは、あのお方のうなり声にあわせて歌ってみせた。

あのお方が、うれしげにうんうんと何度もうなずいてみせる。ミアの歌ったとおりに歌っているつもりなのだ。

「ほう。子守歌《こもりうた》かえ」

マカド様が、やっとふりあげた斧《おの》をおろした。

あのお方のうなり声は子守歌《こもりうた》だった。

「うなり声が子守歌《こもりうた》。子守歌《こもりうた》と糸繰《いとく》り歌《うた》が同じ――」

鬼食いが口の中でたしかめるようにつぶやいた。そして、ああっ！　というように目をあげた。何かがやっとわかったといった様子にみえる。

「だから、姉上は赤子をさしだそうとするのですか？　あのお方は赤子に子守歌《こもりうた》をきかせたいのですか？」

ハタヤが鬼食いをみる。

「あのお方のうなり声が子守歌《こもりうた》だなんて思わなかった。でも、赤子を抱《だ》けば満足《まんぞく》するのだと思う」

鬼食いはやっとうなずいて、さすような視線《しせん》をミアへむけた。

「さすがね。銀《ぎん》の羽様《はねさま》がかわいがるわけね。今度来た谷の子は、ウスズ様だけでなく銀の羽様やマカド様の信頼《しんらい》も厚《あつ》いと評判《ひょうばん》だった。谷の子ふぜいが、しゃしゃりでて、厚《あつ》かましいと思っていたわ」

鬼食いは、ふんと鼻をならした。

「でも、谷の子のおかげでやっとわかった。あのお方が、繭の里や天蓋《てんがい》の都《みやこ》へ姿《すがた》をあらわさなくとも、絹《きぬ》の質《しつ》はどんどんおちていく。ハタヤだって気がついているでしょう。私《わたし》がここで生まれてから、繭《まゆ》からとれる糸の量《りょう》が減《へ》ってきている。糸も切れやすくなっている。どうしてだろうとずっと不思議《ふしぎ》だった」

繭の里のおばあさんが同じことを不思議《ふしぎ》がっていた。

「やっぱり、あのお方の子守歌《こもりうた》が呪《のろ》いなのよ。自分も呪《のろ》うけど、糸繰《いとく》り女《おんな》たちへも自分の呪《のろ》いの子守歌《こもりうた》を、糸繰《いとく》り歌《うた》として歌うように魔法《まほう》をかけた。呪《のろ》いだなどと知らないで糸繰《いとく》り女《おんな》たちは代々歌いつづけている。でも、呪《のろ》っている。そのトロルの呪《のろ》いがしみこんだ絹《きぬ》が天蓋の都から布《ぬの》になって買われていく」

鬼食いは、ため息をついた。

「角もある。トロルじゃという。呪《のろ》うことができるトロルがおるとは思わなんだ。小さいゆえということかのぉ」

マカド様は、こんなトロルは初《はじ》めてだとあのお方をみつめる。トロルのことを何も知らないミアは、あのお方は特別《とくべつ》なトロルらしいと思うだけだ。

「昔のトロルの呪《のろ》いのときから三十年たった。その間もずっと糸繰《いとく》り女《おんな》たちが歌いつづけていた。呪《のろ》いはつづいていたんだわ。三十年前よりもっと重く強く呪《のろ》いのかかった絹《きぬ》が天蓋の都から王宮へおさめられる。そして王宮で絹《きぬ》をまとう女たちが寝《ね》こんでいく」

鬼食いの言葉にハタヤが、はっとしたようにうなずいた。

「絹《きぬ》の質《しつ》がおちている今、この都で絹《きぬ》を身にまとう余裕《よゆう》のある者はいません。昔は私《わたくし》の母た

ちも、ふだんに絹《きぬ》を着ていました。きっと毎日ここの絹《きぬ》をまとわなければ、呪《のろ》いは出にくいのかもしれません。今王宮以外《いがい》で、ここの絹《きぬ》を買《か》い求《もと》めてくださるのは春市《はるいち》に来てくださるお客様たちのように、花嫁衣装《はなよめいしょう》やよそゆきを仕立てる方だけです。肌着《はだぎ》やふだん着にここの絹《きぬ》はつかいません。王宮の女の方以外《いがい》に呪《のろ》われる女の方は、今はいないのでしょう。この都をたばねながら、トロルの呪《のろ》いがつづいていたことにまったく気がつきませんでした」

ハタヤは、情《なさ》けないとうなだれる。

「そうか。なら、今ほどひどくはなくとも、三十年前の王宮でもトロルの呪《のろ》いはあったのだろうのぉ。でもまさか、絹《きぬ》が原因《げんいん》だなどと、誰《だれ》も疑《うたが》いもせんわなぁ。じゃが今回、おまえは気がついた。なぜ早く正直にいわん！」

マカド様が、鬼食いをにらんで片足《かたあし》をどんとふみならす。

「気がついたのは谷の子のほうが早かったわ。肌荒《はだあ》れは絹《きぬ》が原因《げんいん》だといっているときいて、きっとトロルの呪《のろ》いだと真っ青になった。でも、誰《だれ》にもいえなかった。ここは私《わたし》のふるさとよ。大事なところよ。悪い評判《ひょうばん》など立てられない。トロルの呪《のろ》いだと知られる前に、呪《のろ》いをとかなきゃとあせった。よけいなことに気づいた谷の子を、銀の羽様に罰《ばっ》してもらおうといいつけに行った。なのに、銀の羽様は谷の子の肩《かた》をもった。悔《くや》しかったわ。そのときに星《ほし》の音《ね》様のお産《さん》があると知ったの」

鬼食いは、いいすぎたというようにはっと口をつぐんだ。

その様子に、ミアは、鬼食いが何か隠《かく》しているような気がした。

鬼食いは、トロルの呪《のろ》いが出たと知ってすぐ、赤《あか》ん坊《ぼう》をあのお方へとどけようとした。星の音の産屋《うぶや》へ手伝《てつだ》いに入ったのはそのためだ。

「あのお方のうなり声が子守歌《こもりうた》だと知らなかったのでしょう。そのことに、今気がついたんでしょう。なのに、どうしてあのお方に赤《あか》ん坊《ぼう》をさしだせば呪《のろ》いがとけると思いこんだのですか？」

そうきくミアを、鬼食いは、よけいなことにばかり気がつくと憎々《にくにく》しげににらむ。谷の子のミアになどこたえるつもりはないと、ぎゅっと口を結《むす》ぶ。そして、自分の腰《こし》をつかんでいるハタヤに体当たりした。

「姉上！」

地面に転がったハタヤが、なんとか鬼食いのチュニックのすそをつかんでとめた。鬼食いのチュニックは絹《きぬ》だ。鬼食いにトロルの呪《のろ》いの湿疹《しっしん》はないのだろうかと、ミアは気になった。

「赤子がほしいのよね。赤子が望《のぞ》みなのよね。もう呪《のろ》うのはやめて。赤子を腕《うで》に抱《だ》いて子守歌《こもりうた》を歌えばいい」

ハタヤにとめられて動けなくなった鬼食いが、うけとれと赤《あか》ん坊《ぼう》をあのお方へさしだす。あと二、三歩の距離《きょり》だ。

なのに、あのお方は赤《あか》ん坊《ぼう》をうけとろうとはしない。鬼食いのほうへ足をふみだしかけたのに、その足をもどしてしまったようにみえた。ただじっと鬼食いをみつめたままだ。

ミアとマカド様は、どうしてだと顔をみあわせた。ミアもマカド様も、鬼食いのいうとおり、呪《のろ》いはあのお方が赤《あか》ん坊《ぼう》を抱《だ》けばとけるだろうと思っていた。

「どうして、どうして、抱《だ》かないの？　赤子よ」

鬼食いは、赤《あか》ん坊《ぼう》をさしだしながら、

「呪《のろ》うのをやめて。呪《のろ》い殺《ころ》そうなんて思ってるわけじゃない。ただ呪《のろ》わずにはいられないだけなんでしょ。でも、その呪《のろ》いで女たちが死ぬのよ。もう女たちの命をうばうようなことはしないで」

と泣《な》き叫《さけ》ぶように頼《たの》んだ。

それでも、あのお方は涙《なみだ》でうるんだ目を鬼食いにむけるだけで、赤《あか》ん坊《ぼう》を抱《だ》きとろうとはし

ない。

さっきからきこえていた地ひびきが大きくなった。まるで地震《じしん》のように足元がゆれる。叫《さけ》び声《ごえ》もまじっている。

「あっ」

ミアは、何かにおうと桑畑《くわばたけ》の上の山のほうへ目をやった。きなくさい。何かが燃《も》えていると思う。

「まさか、ハタヤもマカド様も気がついた。

「まさか、火をはなったのでは！」

ハタヤが、山をにらんだ。

夜のやみのむこうで、ちろちろとうごめく赤いものがみえる。炎《ほのお》だ。

「トロルたちのしわざかえ？」

マカド様が、山火事かと青くなった。

「きっと、繭の里どころかこの都までもおそうつもりです。あのトロルたちは火もあつかいます。天蓋《てんがい》に、蛾《が》に、じゃまをされないよう焼《や》きはらうのでしょう。トロルにおそわれる前に、あの火がおりてくれれば都が焼《や》けてしまいます」

ハタヤは両手のこぶしをにぎりしめる。

「銀の羽殿《どの》が来てくだされば、あんな炎《ほのお》など杖《つえ》のひとふりで消してくださるだろうにのぉ」

マカド様は歯ぎしりしたいようだ。

ハタヤは、火の出た山と鬼食いをみくらべていたが、

「マカド様。姉上のことをお願《ねが》いしてもよろしいでしょうか。今夜は春市でお客様が都にあふれています。一刻《いっこく》も早く都から避難《ひなん》していただかなければなりません」

と頼《たの》んだ。

マカド様は、すぐ、わかったとうなずく。

ハタヤはお館へ帰ろうと身をひるがえしかけて、

「姉上、女だけが入れる結界《けっかい》をといてください。火がおりてきても竜騎士《りゅうきし》様たちが繭の里や都へ入ってこられないようでは、一大事です。とにかくみなさまご無事《ぶじ》で！」

と早口でいってかけだしていった。

山の火はますます大きくなっていく。風が出てきたせいか、風に乗った炎《ほのお》の明かりがミアたちまでとどいたり、遠ざかったりする。

地ひびきの中、一瞬《いっしゅん》、あのお方の顔を山火事の明かりがはっきりと照《て》らしだした。

あのお方は、こぼれ落ちそうな大きな瞳《ひとみ》を涙《なみだ》でぬらしながら鬼食いをみつめていた。

あのお方は、鬼食いが抱《だ》いている赤《あか》ん坊《ぼう》をみつめているのではない。あのお方の視線《しせん》の先にいるのは鬼食いだ。あのお方は、うれしそうに鬼食いをみつめる。

ミアは、あのお方は牢屋《ろうや》で誰《だれ》かをさがしていると思った。赤《あか》ん坊《ぼう》をさがしているのかと思っていた。

でもちがう。あのお方がさがしていたのは鬼食いだ。あのお方は、鬼食いをみつけたのに、近よろうとはしない。遠慮《えんりょ》がちに、でもうれしげに鬼食いをみつめるだけだ。

「もう呪《のろ》うのはやめて！　お願《ねが》いよ」

鬼食いがけわしい顔で、あのお方へ近よった。鬼食いは、赤《あか》ん坊《ぼう》をあのお方へ押《お》しつけるようにさしだす。

なのに、あのお方はさっきまでさしだしていた両手を下げて、鬼食いをうれしそうにみつめるだけだ。

「一人ぼっちは嫌《いや》なんでしょ。ほら、赤子よ。赤子の世話をしたいのよね。うなってるんじゃなかったのね。子守歌《こもりうた》だったのね」

鬼食いは、胸《むね》がつまったように声をとぎらせた。子守歌《こもりうた》だったとは――と、いまさらのようにくちびるをかむ。鬼食いのけわしくつりあがった目に涙《なみだ》がたまった。

子守歌《こもりうた》だったといった自分の言葉に泣《な》きだしそうになった鬼食いを、ミアもマカド様もなぜ泣《な》くのだとみつめるだけだ。

鬼食いは泣《な》きそうだったが、ぐいと頭をふりあげた。

「赤子よ。ほら、うけとって。この赤子に歌ってあげたらいい。そして、呪《のろ》うのをやめて。やめてよ」

鬼食いは、ほら、ほら、早くうけとれと赤《あか》ん坊《ぼう》をあのお方へ押《お》しつける。

「どうしてうけとらないのよ。赤子よ。赤子がほしいんでしょ」

鬼食いは、赤《あか》ん坊《ぼう》をさしだしたままじれたようにどなる。自分の思うようにならないことに腹《はら》をたてる幼《おさな》いだだっ子のようだ。

ミアには鬼食いが、どうして、私《わたし》が頼《たの》んでいるのにうけとらないのだとあのお方に甘《あま》えているようにみえた。この二人は近しい間柄《あいだがら》なのかもしれないと思う。

あのお方の腕《うで》は赤子へのびはしない。

「あのお方は、うけとらんようじゃ」

マカド様は斧《おの》を腰《こし》へさしなおすと、つかつかと鬼食いへ歩みよった。

鬼食いはうなだれてくちびるをかんでいる。

マカド様は、その鬼食いの腕《うで》からあっさりと赤《あか》ん坊《ぼう》を抱《だ》きとった。鬼食いは、あらがいもしなかった。

うなだれた鬼食いに、あのお方の手がのびた。あのお方のごわついた手は、鬼食いの二《に》の腕《うで》あたりを遠慮《えんりょ》がちになでだした。

ミアには、

「泣《な》くな、泣《な》くな」

と、なぐさめているようにみえる。

マカド様は抱《だ》き上《あ》げた赤《あか》ん坊《ぼう》をのぞきこむと、

「母御《ははご》が待っておるぞ。帰ろうなぁ」

と、やさしく声をかけた。

ミアのところまで来ると、マカド様はミアにも赤《あか》ん坊《ぼう》がのぞけるように、身をかがめた。

黒い髪《かみ》の赤《あか》ん坊《ぼう》は、泣《な》き疲《つか》れて小さく口を開けてぐったりとしていた。

「帰るぞや」

マカド様が、一刻《いっこく》も早く赤《あか》ん坊《ぼう》を星の音のもとへかえそうと足早に歩きだす。

洗《あら》い場《ば》のまわりの家々から、

「山火事よ！」

「逃《に》げるんだ！」

と、騒《さわ》いでいる人の声がきこえてくる。悲鳴にまじって、地鳴りはますます大きくなった。

ハタヤが都じゅうの人たちを避難《ひなん》させている。

ハタヤが心配したように、山の火は、水が低《ひく》いところへ流れるように都へせまってきている。火だけではない。トロルも竜騎士《りゅうきし》たちをふりはらって山から都へおりてこようとしているらしい。けもののような叫《さけ》び声《ごえ》が大きくなっていた。まるで嵐《あらし》のようにあたりにひびく。

「マカド様、私《わたし》は残《のこ》ります」

ミアは、そういっていた。

赤《あか》ん坊《ぼう》はもう安心だ。マカド様とオゴが無事《ぶじ》に王宮にいる星の音のところへつれていってくれるだろう。ミアがいっしょに帰る必要《ひつよう》はない。ここに残《のこ》っていたほうが、ミアにもできることがあるかもしれないと思う。ジャをもつミアは、けがややけどをした人を助けることができる。

ミアの思いをマカド様もさっした。

「気をつけるのだぞ。谷の子に何かあれば、わらわはウスズ様の屋敷《やしき》のみなに顔むけができんでな」

マカド様は、銀の羽のように怖《こわ》い顔になって念《ねん》を押《お》す。

ミアも大きくうなずいてみせた。

マカド様は、赤《あか》ん坊《ぼう》をかかえてかけだしていった。

あたりは昼のように明るくなっている。山からおりてくる火は、桑畑《くわばたけ》までせまってきているようだ。

ハタヤがいったように、鬼食いに結界《けっかい》をといてもらわなければ、竜騎士《りゅうきし》たちが助けに来ることができない。

「結界《けっかい》を――」

と、鬼食いをふりむいたミアは、はっと胸《むね》をつかれた。

あのお方が鬼食いの手をにぎって立っている。うなだれているせいか、鬼食いが小さくみえた。あのお方に手をひかれて歩く幼《おさな》い鬼食いの姿《すがた》がみえたような気がした。ミアは、ああ、とうなずいた。親子の姿《すがた》だ。

「お母さんなんですね」

鬼食いへとも、あのお方へともとれる問いかけが、ミアの口からもれた。

鬼食いは赤《あか》ん坊《ぼう》をうけとろうとしないあのお方に、じれてだだをこねて甘《あま》えているようにみえた。あのお方は、マカド様に赤《あか》ん坊《ぼう》をとりあげられた鬼食いの腕《うで》をやさしくなでてなぐさめていた。二人は母と娘《むすめ》なのだ。

鬼食いのひざが、がくりと音をたてるように折《お》れた。

「嫌《いや》だった。この人といるのが嫌《いや》だった。私《わたし》、この人から逃《に》げだしたの」

うなだれた鬼食いの涙《なみだ》が、岩の地面におちて音をたてる。

泣《な》いている鬼食いの頭を、あのお方の手がぎこちなく、でもやさしくなでていた。

「私《わたし》の生みの母が死んですぐ、この人が私《わたし》を育てたのよ。私《わたし》は魔女《まじょ》よ。魔女《まじょ》の乳《ちち》しか飲めない」

ミアはさっき、星の音の赤《あか》ん坊《ぼう》はおなかがすいているのではといったら、鬼食いが『あのお方が、なんとかするわ』とこたえたことを思いだした。

あのお方は、魔女《まじょ》の乳《ちち》しか飲めない赤《あか》ん坊《ぼう》だった鬼食いを、どうやって育てたのだろう。

「この人は、山をさまよいながらけものからもらい乳《ちち》をした。私《わたし》が生きながらえたのは、オオカミの乳《ちち》はなんとかのみこめたからよ。オオカミが私《わたし》の乳母《うば》なの」

鬼食いは、おもしろいでしょうというように鼻をならした。目には涙《なみだ》があふれている。

「オオカミの乳《ちち》が魔女《まじょ》の乳《ちち》に似《に》ていたのでしょうね。オオカミの乳《ちち》のほうが魔女《まじょ》の乳《ちち》より甘《あま》いのかもしれない。私《わたし》はほかの魔女《まじょ》と味覚《みかく》がちがう。甘《あま》みがわかる。だから王宮で鬼食《おにく》い役《やく》がつとまる。でも、鬼食いという名は魔女《まじょ》である母の名よ。その名前をもらったの。魔女《まじょ》の母も味《み》覚《かく》がほかの魔女《まじょ》とはちがったのかもしれない」

鬼食いはうつむいたまま涙《なみだ》を乱暴《らんぼう》にぬぐう。

ミアは、鬼食いは母親の名前なのかとうなずいた。魔女《まじょ》たちは、得意《とくい》な魔法《まほう》にちなんでまわりから名前をつけてもらう。よほど魔《ま》法《ほう》の腕《うで》がよくなければ、この若《わか》さで名前があるはずがないのだ。でも、たまに、得意《とくい》な魔法《まほう》をゆずりうける魔女《まじょ》もいる。星の音は空の星の声をきくことができる。その名前とその力を自分の祖母《そぼ》からうけついだといった。

「自分が魔女《まじょ》だなんて知らなかった。ただ、この人と山の中をさまよい、洞穴《ほらあな》で眠《ねむ》り、木の実や生の肉を食べるのが嫌《いや》だった。たまにみかける人間のように屋根のある家で眠《ねむ》り、洗《あら》ってある衣服《いふく》を着て、料理《りょうり》してあるものを食べたかった。人間の母親のようなやわらかな胸《むね》に抱《だ》きよせられたかった。こんな人、私《わたし》の母じゃない。母じゃない！」

がくりとひざをついた鬼食いは、母じゃないといいながら、幼《おさな》い子どもにもどったようにあのお方に頭をなでられたままだ。

「この人から逃《に》げだしてお館様に拾ってもらった。ハタヤのおじい様とおばあ様が、私《わたし》の親になってくれた」

鬼食いの声がやさしさをおびた。

「私《わたし》の養父《ようふ》になったハタヤのおじい様は、私《わたし》の実の母が死ぬところをみていたそうよ。六十年前よ。魔女《まじょ》の母は、トロルに追われて生まれたばかりの私《わたし》を抱《だ》いたまま崖《がけ》からおちたの。母を助けようとしていた養父《ようふ》も、もつれあうようにして崖《がけ》からおちたそうよ。

そのとき、母は小さな岩の上におちた。それはトロルがお日様の光にあたって岩になり、長い月日の間に風化して小さく小さくなっていた岩だったというわ。このあたりではよく知られた岩だったみたい。母がぐたりと動かなくなったとたん、その岩が小さなトロルのようになって赤子の私《わたし》をかかえて走りだしたんですって。

養父《ようふ》は、魔女《まじょ》の母がその岩に魔法《まほう》をかけたっていうの。この子を育ててくれるようにって。もしかすると、自分の残《のこ》っていた魔力《まりょく》もゆずったのだと思う。きっとそうね。この人は、糸繰《いとく》り女《おんな》たちに呪《のろ》いの歌を歌うように魔法《まほう》をかけることができた。この人は、日の光の下でも平気よ」

鬼食いは、ため息をついた。

マカド様が、トロルは呪《のろ》ったりできないと不思議《ふしぎ》がっていた。あのお方は鬼食いの魔女《まじょ》の母から魔力《まりょく》をもらったのだ。

「養父《ようふ》はそのまま気を失《うしな》ってしまい、気がついたときには、私《わたし》の行方《ゆくえ》はわからなかった。そうよ、そして三年後に私《わたし》が都へ逃《に》げてきたの。養父《ようふ》は私《わたし》の魔女《まじょ》の母の名前を知っていた。魔女《まじょ》は呪《のろ》いをうけやすくなるから自分の名前を隠《かく》すわ」

ミアも知っているとうなずいた。

「トロルから助けようとしたそうだから、そのとき、きいたのかもしれない。養父《ようふ》は私《わたし》に母の名前を教えてくれ、私《わたし》が魔女《まじょ》なのだとも教えてくれた。そして、養父母《ようふぼ》は、それまで私《わたし》を育ててくれたのだからと敬意《けいい》をこめてこの人を『あのお方』と呼《よ》んだの」

あのお方から逃《に》げだした鬼食いは、やっと望《のぞ》んだ暮《く》らしを手に入れたのだ。

「でも、この人は私《わたし》をさがしに来る。山から都へおりてきて、私《わたし》をみつけてつれ帰ろうとする。嫌《いや》だって泣《な》けば、近よらないでって叫《さけ》べば、寂《さび》しそうに山へ帰っていく。いっしょに帰りたくないのに、つらくてあの後《うし》ろ姿《すがた》をみていられない――」

鬼食いの声がとぎれた。鬼食いは泣《な》きつづける。そして、あのお方は、そんな鬼食いをなぐさめようとする。

鬼食いは、あのお方は母ではないといいながら、あのお方が一人寂《さび》しく山へ帰るところをみていられないのだ。

「そして呪《のろ》いが始まった。谷の子、うなり声が子守歌《こもりうた》だってよくわかったわね。ずっときいていたはずなのに、私《わたし》にはわからなかった」

鬼食いが涙《なみだ》にぬれた顔をあげた。

「きこうとしなかったんでしょう。ききたくなかったからです」

ミアは、鬼食いをにらんだ。

鬼食いの頭をいとおしげになでるあのお方が、かわいそうだった。親とはこういうものなのだろうか。子に捨《す》てられたのに、まだその子の心配をする。あのお方は、いちずに鬼食いを求《もと》めているだけだ。

「そうよ。ききたくなかった。うなり声に耳をふさいだ。あんな声をききながら眠《ねむ》る自分がみじめでかわいそうで、たまらなかった」

鬼食いは、あのうなり声がするというように、両手を耳でふさいで頭をふる。自分の記憶《きおく》から あの声をふりおとそうとするようだ。

「私《わたし》はこの人の胸《むね》に抱《だ》かれるのが嫌《いや》だった。硬《かた》いざらついた胸《むね》になどさわれないと思った。私《わたし》の養母《ようぼ》になってくれたハタヤのおばあ様の胸《むね》に心地《ここち》よさげにほほをすりよせて抱《だ》かれるのを、この人はうらやましくみたのね。私《わたし》はきっと幸せそうだったはずよ。この人といっしょにいたときにはみせなかった顔だったのでしょうね。ハタヤのおばあ様は絹《きぬ》しか着なかったわ。絹《きぬ》がやわらかいすべすべした肌《はだ》にみえたのだと思う。この人は養母《ようぼ》と自分とのちがいは、肌《はだ》だけだと思ったのよ。この人は絹《きぬ》を呪《のろ》う。そして糸繰《いとく》り女《おんな》たちも呪《のろ》いと知らずに自分の繰《く》った絹糸《きぬいと》を呪《のろ》っている。

春市に花嫁《はなよめ》になる娘《むすめ》とその母親がやってくる。華《はな》やいだ声で『母さん』と呼《よ》ばれる女がうらやましいのよ。この人の呪《のろ》いが強くなる。それで絹《きぬ》をまとう母親たちが寝《ね》こむの」

鬼食いの言葉によどみはない。トロルの呪《のろ》いのことをずっと考えていたのだろう。

ミアも、きっと鬼食いのいうとおりなのだとうなずいた。呪《のろ》われた絹《きぬ》をまとっても、鬼食いもマカド様もミアだって呪《のろ》われはしないのだ。母親だけが呪《のろ》われる。王宮で寝《ね》こんでいる女たちはみな母親なのだ。

王宮で呪《のろ》われて寝《ね》こんでいる魔女《まじょ》たちも、みんな母親なのだろう。ミアが星の音の産屋《うぶや》へ入るまで、魔女《まじょ》たちに肌荒《はだあ》れを起こす者はいなかった。きっと魔女《まじょ》だから、王宮の人間の女たちより呪《のろ》われるまで時間がかかったのだ。

王宮の魔女《まじょ》は、この鬼食いがいちばん若《わか》い魔女《まじょ》だといった。たいていの王宮の魔女《まじょ》は、名をまわりからもらってから、めしかかえられる。きっと何百歳《さい》という魔女《まじょ》が多い。王宮の魔女《まじょ》たちはみな、王宮の外に子が何人もいる母親なのだ。いや、もっと多くの子孫《しそん》がいるのだろう。トロルの呪《のろ》いは幸せな母親を呪《のろ》うのだ。

「でも、この人は、母親たちを呪《のろ》い殺《ころ》そうとしたわけじゃない。絹《きぬ》を呪《のろ》っただけよ。今、絹《きぬ》の呪《のろ》いが恐《おそ》ろしいほど強くなってる」

鬼食いは、それは信《しん》じてくれとミアをみる。ミアもうなずいていた。幸せな母親を呪《のろ》ったのなら、いろいろな都や町の母親たちが寝《ね》こんでいるはずだ。

「三十年前、ハタヤの母親たちが亡《な》くなった。それにおどろいて呪《のろ》うのはやめてくれたんだと思った。でも、たまに山からおりてくる。それが嫌《いや》で王宮へ逃《に》げだした。でも、また春市の時期に呪《のろ》いが出た。それも王宮でよ。ハタヤのいうとおり、今ここの絹《きぬ》をふだんから身にまとうのは王宮の女だけなのよね。

この人が春市に来てるってわかったわ。幸せな母親たちをみてうらやんでるんだって。私《わたし》がなんとかしなきゃってあせった。この人にまた子をあずけたらいいんだと思った」

鬼食いは、あのお方にうらみごとをいいながら、あのお方に頭をなでてもらっている。あのお方は、鬼食いがそばにいるだけで満足《まんぞく》なのかもしれない。ただうれしそうだ。

「だから星の音様のお産《さん》の手伝《てつだ》いに、産屋《うぶや》へ入ったんですね。赤《あか》ん坊《ぼう》をうばおうと最初《さいしょ》から思っていたんですか？」

ミアはたしかめるようにきいた。

「トロルの呪《のろ》いが王宮にあらわれた。どうしようと思ったちょうどそのときに、星の音様のお産《さん》があった。私《わたし》と同じ魔女《まじょ》の赤子をこの人にあずければ、トロルの呪《のろ》いはとけると思ったわ」

鬼食いは、つぶやくようにいう。

あのお方は、ひざまずいた鬼食いの頭をなでながら、鬼食いをうるんだ瞳《ひとみ》で心配そうにみつめる。

鬼食いは、あのお方に頭をなでてもらいながら、一度もあのお方をみようともしない。あのお方の胸《むね》にすがりつこうともしない。でも、ごわついた手でなでてもらうことで、なぐさめられている。

あのお方と鬼食いは今だって親子だ。

「赤《あか》ん坊《ぼう》で呪《のろ》いがとけると思ったなんて、うそです！」

ミアは鬼食いをにらんだ。

ミアは、あのお方は、鬼食いといっしょにいたいだけなのだと思う。ずっと鬼食いだけをみている。鬼食いだけが自分の子どもなのだ。鬼食いのかわりなどない。ほかの誰《だれ》にもかえられないかわいい子どもだ。それを鬼食いだって痛《いた》いほど感じているはずだ。

「あのお方が、赤《あか》ん坊《ぼう》をうけとったりしないってわかっていたはずです。なのに、自分の身がわりに赤《あか》ん坊《ぼう》をさしだそうとした」

わかっていたくせに、どうしてそんなことをした！　とミアはこぶしをにぎりしめた。生まれたばかりの子をさらわれたウスズ様の、いやウスズ様の屋敷《やしき》全員のおどろきと悲しみと不安《ふあん》

と怒《いか》りがこぶしの中にある。

鬼食いは、むっと押《お》し黙《だま》った。でも、あきらめたというように肩《かた》をおとした。

「谷の子のいうとおりよ。わかっていた。赤子をさしだしてもだめだって心のどこかで思っていた。でも、あの赤子でがまんしてくれるかもしれないとも思った。本当よ。そして呪《のろ》うのをやめてくれるかもしれないと願《ねが》った」

でも、だめだったと鬼食いはうなだれる。

「あのお方が黙《だま》って赤《あか》ん坊《ぼう》をうけとれば、あとは知らんぷりするつもりだったんですか！」

「そうよ。いけない？」

鬼食いは、開きなおったように頭をふりあげる。

「また私《わたし》にあんな暮《く》らしにもどれっていうの！　この人といっしょに山の中をさまよい歩けっていうの！　嫌《いや》よ。私《わたし》は魔女《まじょ》よ。魔女《まじょ》らしい生き方をしたいのよ。せっかくこの若《わか》さで王宮にめしかかえられたのよ」

ミアは、自分が魔女《まじょ》らしく生きるためなら赤《あか》ん坊《ぼう》を犠牲《ぎせい》にだってできるという鬼食いをいたましげにみた。知らんぷりできないからこんなことになったのだと思う。

「それなら、私《わたし》が絹《きぬ》のせいだって騒《さわ》いでも、知らんぷりしていたらよかったんです。繭の里のことなど、天蓋の都のことなど、トロルの呪《のろ》いも、あのお方のことも、私《わたし》には関係《かんけい》のないことだって口をつぐんで、王宮の魔女《まじょ》のままでいたらよかったのに」

ミアの言葉に、鬼食いは何かいおうとするようにミアをにらんだが、いいかえせなかった。ミアのいうとおりだと思っているのはみてとれた。ミアは、そのすきにいいつのった。

「繭の里が、天蓋の都が、ハタヤさんが、そして何よりもあのお方が心配で気になってじっとしていられなかったんでしょう。あのお方があなたに歌う子守歌《こもりうた》のうなり声が耳からはなれなかったんじゃないですか」

「この人のことなんか気にかけたことないわ。迷惑《めいわく》なだけよ」

鬼食いがつぶやく。

「あのお方のうなり声が子守歌《こもりうた》だったと知って泣《な》きそうだった。マカド様が斧《おの》をふりあげたとき、かばうように飛《と》びだしていった。大事なお母さんだからです」

「ちがうわ」

鬼食いはとなりにいるあのお方をみようともしないで鼻で笑《わら》ってみせた。不自然《ふしぜん》な笑《わら》い顔《がお》だった。

「母親たちだけが寝《ね》こむと知っていたくせに、ずっと女たちっていってました。絹《きぬ》の呪《のろ》いが母親たちに出るのは、あなたが母親を捨《す》てたからだって誰《だれ》にも知られたくなかったんでしょう。あのお方がお母さんだって知られることが恥《は》ずかしかったんでしょう」

自分でも、そこまでいわなくていいとわかっているのに、ミアはそういわずにはいられなかった。どうしてこんなに意地になって鬼食いにあのお方を母親だと認《みと》めさせたいのかミア自身にもわからない。ただただ、あのお方がかわいそうだった。

ミアの言葉に、鬼食いはぐっとくちびるをかんだ。そして、自分の頭をなでているあのお方の手を乱暴《らんぼう》にふりはらった。

「意地悪！　嫌《いや》な子！　なんて嫌《いや》な子！　母なんかじゃないっていってるでしょ。トロルよ！」

鬼食いは、あのお方をつき飛《と》ばしてたちあがる。鬼食いの瞳《ひとみ》は怒《いか》りをはらんでぎらぎらと光る。鬼食いはその目で、ミアをにらみつけた。

そして鬼食いは、自分につき飛《と》ばされて尻《しり》もちをついているあのお方をみおろす。鬼食いはやっとあのお方をしっかりとみた、とミアは思った。もっと冷《つめ》たい目なのかと思ったが、涙《なみだ》にうるんでいる。冷《つめ》たい涙《なみだ》などない。鬼食いのあの瞳《ひとみ》に、あのお方はどんなふうにみえているのだろう。

ミアは、みおろしたりしてほしくなかった。お母さんじゃないか。同じ目線であのお方をみてほしいと思う。涙《なみだ》でうるんでこぼれそうなあのお方の目と、涙《なみだ》でにじむ鬼食いの目が似《に》てみえた。

「お母さんです。あなたが泣《な》けば心配でなぐさめずにはいられなくて、あなたをみるとうれしそうで、あなたがそばにいたら満足《まんぞく》で」

「ちがう、ちがう」

鬼食いは『ちがう』と口の中でとなえているが、自分の心の中にあのお方が母親としてとっくにいたじゃないかとミアに指摘《してき》されてうろたえていた。

いきおいよく頭を横にふりながら泣《な》く。鬼食いは重すぎるあのお方の愛《あい》に押《お》しつぶされそうなのだ。

頭をふった鬼食いの涙《なみだ》が、尻《しり》もちをついていたあのお方へ飛《と》んだ。あのお方は、その涙《なみだ》が熱《あつ》いものだったように、びくりと体をふるわせる。そして、のろのろとたちあがった。

たちあがったあのお方は、鬼食いをみて、大きくうなずいた。

『そうか、わかった』といっているとミアは思った。

あのお方はうなだれて鬼食いのそばからはなれていく。肩《かた》をおとし、とぼとぼと一人行くそ

の後《うし》ろ姿《すがた》に胸《むね》がつまる。ミアでさえ、かわいそうで、かけよってなぐさめてやりたくなる。

きっとあのお方は何度も、お館のお嬢様《じょうさま》となった鬼食いをさがしに山からおりてきた。そして、みつけてつれ帰ろうとして鬼食いに拒否《きょひ》される。

そんなことをくりかえして、うなだれて帰っていったのだろう。『そうか、わかった』と、そのときはあきらめるのだ。

鬼食いはふるえていた。両手でこぶしをつくって何かにたえるように、くちびるを強くかんでいる。

ミアは、『あのお方』でも『この人』でもなく『お母さん』とあのお方のことを呼《よ》んでやればいいのにと思っていた。

鬼食いの顔が上がった。口は真一文字に結《むす》ばれていたが、やさしい顔にみえた。

あのお方に、鬼食いがかけよっていく。そして、よりそった。鬼食いの手があのお方のごわついた手をにぎる。

鬼食いは、あのお方の後《うし》ろ姿《すがた》がつらい、といっていた。寂《さび》しげな後《うし》ろ姿《すがた》をみていられなくなったのだろうか。

「いっしょに山へ帰るんですか?」

鬼食いの思わぬ行動に、ミアはそうきいていた。

「ええ。この人にもう呪《のろ》わせたりしない。それができるのは私《わたし》だけよ。こうしなきゃいけないってわかってた。逃《に》げずに、もっと早く決心したらよかった」

鬼食いはふりむきもせずそういった。

ミアは、呼《よ》びとめようと口を開きかけた。でも、鬼食いがあのお方といっしょにいることでしか呪《のろ》いはとけない。

ミアは鬼食いに、あのお方を母親だと認《みと》めてもらいたかった。お母さんじゃないか！　と必《ひっ》死《し》でうったえた。あのお方がかわいそうでしかたがなかったからだ。鬼食いは、あのお方を母親だと認《みと》めたのだろうか？　認《みと》めたようにみえたと思う。ミアは、母親だからいっしょにいようとしていると思いたかった。

でも、呪《のろ》いをとくためだけに、しょうがなくあのお方と山へ帰るなら、今度は鬼食いにひどいことをしたと思う。鬼食いは、自分の行きたい道をあきらめることになる。それでは、赤《あか》ん坊《ぼう》をさしだそうとした鬼食いと同じだ。今度は、ミアが鬼食いをさしだして呪《のろ》いをとこうとしていた。

また後先考えずに無《む》鉄《てっ》砲《ぽう》につき進んでしまった。ほかの方法《ほうほう》だってあったかもしれない。銀の羽によく考えてから動けといつもしかられている。また、失敗《しっぱい》してしまった。ミアは、どうしようとくちびるをかんだ。

「お嬢様《じょうさま》!」

鬼食いを呼《よ》ぶ声がした。

ミアも鬼食いも声のほうをみた。

警備隊長《けいびたいちょう》が繭の里のほうから、かけおりてきた。洗《あら》い場《ば》はゆるい傾斜《けいしゃ》のある地面だ。隊長《たいちょう》は、いきおいあまってとまれなくて転ぶ。でも、

「ここにいてはいけません」

とあわててたちあがった。山火事の中から来たせいで顔がすすでよごれ、ひげが焼《や》けちぢれている。

「トロルは、繭の里までおりてきました。竜騎士《りゅうきし》様たちがくいとめようとしてくださっていますが、都も危険《きけん》です」

隊長《たいちょう》は、繭の里をふりかえる。

炎《ほのお》は繭の里へ広がっている。ここは円形の巨大《きょだい》な窪地《くぼち》だ。その半分を炎《ほのお》がうめつくしてい

る。その炎《ほのお》をかきわけるようにうごめく黒いものがみえる。トロルなのだろうかとミアは目をみはった。

「竜騎士《りゅうきし》様たちの何人かは竜《りゅう》たちと、山の川の水流を変《か》えようと山へむかわれました。都の方向へ水が流れてくれば火は消えるでしょう。でも雪どけで水量《すいりょう》は多いはずです。あのあたりは地盤《じばん》もゆるい。悪くすると水だけではなく土砂《どしゃ》もなだれ落ちてきます。危険《きけん》です。とにかく、逃《に》げてください」

早口でそういいながら、鬼食いのそばにあのお方がいるのをみておどろいた。

隊長《たいちょう》は、とっさに槍《やり》をかまえなおして、あのお方へむけようとする。

「いいの。かまわないで」

鬼食いは、片手《かたて》をあげて隊長《たいちょう》を制《せい》すると、あのお方とお館のある洗《あら》い場《ば》の下のほうへかけだしていく。

鬼食いに迷《まよ》いはなかった。ミアは鬼食いを呼《よ》びとめることができない。どうしたらいいのかわからない。またしかられると思いながら、王宮へ帰ったら銀の羽に相談してみることしか思いつかなかった。

とにかく今は山火事のことだった。

第六章　山火事

あんなにきらめいていた都の家々の窓《まど》の灯《あか》りは、いつのまにか消えていた。都のはしにあるお館のあたりまでは、繭《まゆ》の里《さと》を燃《も》やしている山火事の明かりがとどかない。お館のあたりはやみがいすわっている。鬼食《おにく》いとあのお方は、あっというまにそのやみの中へ姿《すがた》を消していた。

ミアは、お館とは反対の方向へかけあがっていた。きっとけがをしている人がいる。ジャで助けることができるかもしれないと思った。

どういうことだと、あぜんとして鬼食いをみおくっていた隊長《たいちょう》がミアの行動に気づいた。

はっと、われにかえって、

「どこへ行く！」

と、ミアを追いかけてくる。

「私《わたし》はけが人を治《なお》せます」

ミアは大きくうなずいた。

「いくらけがを治《なお》せても、今の状態《じょうたい》では足手まといだ」

隊長《たいちょう》は、自信《じしん》たっぷりなミアにまゆをよせ、小娘《こむすめ》がけがを治《なお》せるなど信《しん》じられないと首をふる。

そしてミアの手をつかんだ。

「とにかく逃《に》げるんだ」

「私《わたし》はきっと役に立ちます！」

ミアはいいはった。

「ここからはなれろ！　繭の里は火の海だ。そんなところでけが人をみつけても、近よることもできん！」

隊長《たいちょう》はミアの手をはなそうとはしない。ミアはひきずられるようにお館のテラスへもどっていた。

あんなに華《はな》やいでいたのがうそのようだ。テラスに人影《ひとかげ》はない。テラスののきから下げられていたランプの灯《あか》りは消え、いすが倒《たお》れていたり、テーブルから食べ物がのった皿が床《ゆか》へおち

ていたりした。ハタヤにうながされて、あわてて避難《ひなん》したのだろう。

　隊長《たいちょう》はお館の玄関《げんかん》を出ると、

「この階段《かいだん》をとにかく、下へ下へとおりていけ！　階段《かいだん》がなくなれば都の門がある。もう門番も逃《に》げだしているはずだ。その門を出たら、滝《たき》の裏側《うらがわ》だ。裏側《うらがわ》を通って滝壺《たきつぼ》を回りこむんだ。下へ行く道がある。そこを進め！　お館様たちが避難《ひなん》している平地に出る。いいな」

と、絨毯《じゅうたん》をしいた階段《かいだん》をミアに指さしてみせ、念《ねん》を押《お》すようにミアの目をのぞきこむ。そして、隊長《たいちょう》は階段《かいだん》ではなく都の道へかけだしていく。あんなに念《ねん》を押《お》されたのに、ミアは迷《まよ》わず隊長《たいちょう》のあとを追っていた。

　隊長《たいちょう》は迷路《めいろ》のような地下通路を走る。家々の窓《まど》の灯《あか》りは消えていたが、通路の壁《かべ》の灯《あか》りはまだともっていた。

　ミアは、ここはみおぼえがあると思ったところへ出た。警備隊員《けいびたいいん》たちが食事をしていたところだ。隊長《たいちょう》はそこにある階段《かいだん》をかけのぼっていく。

　天蓋《てんがい》の竜《りゅう》だまりに出た。あとから顔を出したミアに気がついて隊長《たいちょう》は何かいいたそうに口を開けたが、今はミアにかまっているひまはないと思いなおしたように、残《のこ》っていた二頭の竜《りゅう》へかけよっていった。

天蓋《てんがい》の都《みやこ》の竜《りゅう》たちは荷運びの竜《りゅう》だ。人間を背《せ》に乗せることはない。警備隊員《けいびたいいん》が二人、それぞれの竜《りゅう》の背《せ》に大きな荷物をくくりつけている。天蓋の都の貴重品《きちょうひん》なのだろう。

「これで荷物は最後《さいご》だな。おまえたちも逃《に》げろ！　気をつけろよ」

隊長《たいちょう》が隊員《たいいん》たちに手をふる。

「はい。隊長《たいちょう》も！」

警備隊員《けいびたいいん》たちは、ミアたちがのぼってきた階段《かいだん》をかけおりていく。隊員《たいいん》たちと同時に二頭の竜《りゅう》も夜空へまいあがった。

「夜、竜《りゅう》の目はよくみえん。無事《ぶじ》にお館様のいる平地に着けばいいいが」

隊長《たいちょう》は心配げにやみにとけていく竜《りゅう》たちをみおくっていたが、

「王宮の子、おまえも早く逃《に》げろ！　ここは、子どものいるところではない。火は消してもらえるだろうが、土砂《どしゃ》はなだれ落ちてくるぞ」

と、ミアをしぶい顔でみる。

「土砂《どしゃ》を洗《あら》い場《ば》だけでくいとめられればいいのだが」

隊長《たいちょう》は、洗《あら》い場《ば》がみえる手すりへとかけよる。かけよった隊長《たいちょう》の背中《せなか》がぎょっとしたようにこわばった。

ミアも隊長《たいちょう》のとなりに立ってみた。

「ヒィ！」

ミアの口から情《なさ》けない悲鳴がもれた。

ミアが牢屋《ろうや》から出てきて初《はじ》めて天蓋の都をみたあたりの上の道に、火が燃《も》えさかる繭の里からトロルが一人、飛《と》びおりたところだった。

隊長《たいちょう》は、ミアに早く逃《に》げろと手で合図する。そして、自分は手すりの下にしゃがみこんだ。むこうからみようとしたらみえるはずだ。隊長《たいちょう》はなるべくみつからないようにしているのだろう。それに、声をたてればトロルに気づかれるのではないかと心配なのだ。ミアはミアで、初《はじ》めてみるトロルの恐《おそ》ろしさに動くこともできない。

隊長《たいちょう》がそんなミアの手を引っぱって、自分のとなりにしゃがみこませた。ミアも隊長《たいちょう》も、竜《りゅう》だまりの一部になったように息を殺《ころ》して、ただそのトロルをみつめた。

上の道は、大人が二、三人やっと歩けるくらいのせまさだ。一人のトロルだけで、もう道はいっぱいにみえる。

天蓋の都の竜《りゅう》だまりから、トロルが今いるあたりまで、人間なら豆つぶほどにしかみえないはずだ。でも、ミアにはとなりにいる隊長《たいちょう》ほどにみえた。トロルは、それほど大きいのだ。

それに繭の里が燃《も》えているので、天蓋の都のトロルがおりた上の道のあたりは明るい。トロルが浮《う》き上《あ》がるようによくみえる。

長くもつれあった髪《かみ》で、その間から山羊《やぎ》のように角が二本出ている。毛皮だろうか木の皮だろうか、筒《つつ》のようなものを着こんでいる。そこからのぞく手足は大木のようだ。そして片手《かたて》にこん棒《ぼう》をにぎっていた。

「トロルが都までおりてくるとは」

隊長《たいちょう》がごくりとつばをのみこんだ。ささやくような小さな声だ。思わず出た言葉らしい。

「三十年前もトロルが出たとききました」

ミアは、何をおどろくのだと隊長《たいちょう》をみた。

「ああ。あのときもトロルは都までおりてきた。トロルは日の光が苦手だ。普通《ふつう》なら、すぐ薄《うす》暗《ぐら》いところへ逃《に》げこめるように、山からはなれて遠くまで出てきたりしないはずだ」

隊長《たいちょう》は、何かおかしいと首をひねる。

上の道におり立ったトロルは、あのお方のようなうなり声をあげながら、天蓋の都をなめるようにみまわしている。何一つみのがしてなるものかというようだ。体が大きいせいか、うなり声はミアたちのところまできこえてきた。そして、いかつい顔の真ん中であぐらをかいている鼻をならす音もする。まるで、におうぞ、におうぞ！　といっているようだ。

「何をしたいんだ？　何かをさがしているのか？」

隊長《たいちょう》がつぶやく。

ミアにも、あのトロルはさがしものがあるようにみえた。

「わしの家は代々この都の警備隊《けいびたい》だ。わしのおやじ様は、お嬢様《じょうさま》が生まれた六十年前のトロルの襲撃《しゅうげき》のときにも戦《たたか》った。そのときの話をきいたことがある。そのとき、トロルたちは、それはしつこくお嬢様《じょうさま》の母親を追い回したという。そのときも、やはり都までおりてきたそうだ。生まれたばかりの魔女《まじょ》の赤子をねらったのだろうが――」

隊長《たいちょう》は、そういって、はっとミアをみた。

隊長《たいちょう》は、鬼食いがさらってきた星《ほし》の音《ね》の赤《あか》ん坊《ぼう》をねらっているのかと心配になったのだ。隊《たい》長《ちょう》は、赤《あか》ん坊《ぼう》はもうこの都にいないことを知らない。

ミアは、大丈夫《だいじょうぶ》だと小さくうなずいて、

「あの赤《あか》ん坊《ぼう》は、マカド様が王宮へつれて帰りました」

とささやいた。

「おう、そうか。それなら、あのトロルは何をさがしているのだろう?」

隊長《たいちょう》がまゆをよせる。

あたりをなめるようにみまわしていたトロルは、とうとう竜《りゅう》だまりの手すりのかげともいえないところでうずくまっているミアたちをみつけた。トロルの視線《しせん》がつきささるのがわかった。

ミアも隊長《たいちょう》も、その視線《しせん》にくぎづけにされたようにたちあがることもできない。

トロルは、うーんとなやんでいる。そうみえた。首をかしげ、げじげじのまゆをよせ、くちびるをとがらせている。

「逃《に》げるぞ!」

隊長《たいちょう》が、ミアの手をとってなんとかたちあがる。

繭の里よりの上の道から竜《りゅう》だまりまでは距離《きょり》がある。竜《りゅう》だまりにある都へ入る階段《かいだん》はせまい。トロルはあの階段《かいだん》をおりることはできない。トロルが竜《りゅう》だまりに着くまでに階段《かいだん》までなんとか行き着ければいい。

ミアも逃《に》げようとしたとき、繭の里から竜騎士《りゅうきし》が二人、トロルのそばへ飛《と》びおりてきたのがみえた。ミアの足も隊長《たいちょう》の足も、とまってしまった。

竜騎士《りゅうきし》たちは、斧《おの》をふりあげてトロルにむかっていく。トロルはもっていたこん棒《ぼう》をふり回す。

恐《おそ》ろしいいきおいだ。こん棒《ぼう》が風を切る音がミアまできこえるようだ。

繭の里の炎《ほのお》を飛《と》びこえて竜《りゅう》にまたがった竜騎士《りゅうきし》も一人、姿《すがた》をあらわす。

竜《りゅう》は夜目がきかないらしいが、山火事であたりは昼のように明るい。

「ウスズ様？」

ミアは思わず手すりから身を乗りだした。

髪《かみ》の色がちがう。ウスズ様ではない。

ミアは、ウスズ様に、赤《あか》ん坊《ぼう》は無事《ぶじ》だと早く伝《つた》えたかった。そして、ウスズ様も無事《ぶじ》でいてほしいと願《ねが》った。

トロルは、うるさい！　というように地面にいる二人の竜騎士《りゅうきし》へこん棒《ぼう》をふる。竜騎士《りゅうきし》たちは、なんとかそのこん棒《ぼう》をよけていたが、こん棒《ぼう》は上の道の手すりごと二人の竜騎士《りゅうきし》をなぎはらった。竜騎士《りゅうきし》たちは、地面にたたきつけられていく。

竜《りゅう》は、トロルがこん棒《ぼう》をふりあげた腕《うで》の下をかいくぐった。一気に肩《かた》のあたりまで飛《と》びあがると、竜《りゅう》にまたがっていた竜騎士《りゅうきし》がトロルの首に斧《おの》をふりおろす。

「ギャ！」

トロルは悲鳴をあげた。悲鳴をあげながら、何ももっていない片手《かたて》で竜《りゅう》をなぎはらった。

人間が大きな鳥におそわれたかのようだ。竜《りゅう》は竜騎士《りゅうきし》ごと洗《あら》い場《ば》へおちていく。

トロルは自分の首に手をあてた。そしてその手をめずらしいもののように、まじまじとみている。血がついているはずだ。トロルは、その手についた自分の血をぺろりとなめた。

にやりと笑《わら》ったトロルに、ミアは体じゅうに鳥肌《とりはだ》が立った。笑《わら》った顔が残忍《ざんにん》にみえた。

トロル一人に竜騎士《りゅうきし》が三人がかりで戦《たたか》っても勝てないのだ。

トロルは、竜《りゅう》だまりめざして走りだした。ミアたちをめざしてやってくる。ドッ、ドッという音にあわせて上の道がゆれるようだ。ミアも隊長《たいちょう》も、真っ青になって竜《りゅう》だまりにある階段《かいだん》へむかって走りだした。


「ミア！」

コキバの声がした。

五爪《ごづめ》にまたがり、繭の里から上がる炎《ほのお》を飛《と》びこえてきたコキバがミアをみつけた。

「コキバ！」

立ちどまったミアは、ここだと手をふる。

「よく無事《ぶじ》だった！」

ほっとした様子の五爪《ごづめ》の声が、ミアの頭の中にひびいた。

上の道を走るトロルも、五爪《ごづめ》に気がついた。うるさそうに五爪《ごづめ》をみたが、自分を追いこしていくのをみて指笛を吹《ふ》いた。その音は、あたりを圧《あっ》する炎《ほのお》の音をつらぬいてどこまでもきこえていきそうだ。

竜《りゅう》だまりに着いたのは五爪《ごづめ》のほうが早い。

「ミア、逃《に》げろ！」

コキバは五爪《ごづめ》から飛《と》びおりると、自分のかわりに乗っていけとミアの手を引っぱる。

「竜騎士《りゅうきし》様たちがけがをしている」

ミアは洗《あら》い場《ば》へ目をやった。

「ミア、今は五爪《ごづめ》で逃《に》げろ！　竜騎士《りゅうきし》はおれが助けてくる」

コキバは、ミアの背《せ》を押《お》す。

ドッドッというトロルの足音が大きくなっていた。コキバは、五爪《ごづめ》に乗せてミアをここから逃《に》がしたほうが安全だとあせる。

「わしも洗《あら》い場《ば》に行く」

隊長《たいちょう》も、コキバといっしょに洗《あら》い場《ば》におちた竜騎士《りゅうきし》たちを助けに行くつもりだ。

「五爪《ごづめ》に乗って私《わたし》が洗《あら》い場《ば》へ行く！」

ミアは不満《ふまん》でしょうがない。自分のほうが竜騎士《りゅうきし》たちを助けることができる。ジャをつかえば、きっとけがをしているだろう竜騎士《りゅうきし》たちを救《すく》える。自分だけ、ここから逃《に》げだすわけにはいかない。

「このがんこ者！」

コキバが怒《おこ》った。

「火を消すために、竜《りゅう》たちが岩を動かして山の川の流れを変《か》えてきた。いまに水が山から都へ流れ落ちてくる。ここにいちゃだめだ！」

コキバや何人かの竜騎士《りゅうきし》たちは山へ行っていたらしい。

「水じゃない、土砂《どしゃ》だ。きっと土砂崩《どしゃくず》れだ」

隊長《たいちょう》は、炎《ほのお》の上のほうをみあげた。

「ミア、行け！」

コキバが五爪《ごづめ》のほうへミアの背《せ》を押《お》そうとしたとき、トロルが竜《りゅう》だまりに姿《すがた》をあらわした。

トロルは竜《りゅう》だまりにぎらぎらした目を走らせていたが、いたぞ！　というようにミアにむかって突進《とっしん》してくる。そしてミアをつかまえようと手をのばす。その手の大きさにおどろいたミアは、動けなくなってしまった。ミアが祖母《そぼ》からもらったスカーフを広げたほどもある。コキバが、こおりついて動けなくなったミアをとっさにつき飛《と》ばしていた。

「ウーッ！」

トロルが、じゃまだというようになると、コキバを腕《うで》ではらいのけた。

地面にたたきつけられたコキバだが、ばねじかけのようにはね上がると、大木のようなトロルの足にかじりついた。

コキバもミアと同じで斧《おの》をもっていない。でも退屈《たいくつ》しのぎのようにウスズ様と毎朝斧《おの》をふる。ミアとはちがい、斧《おの》あつかいの上達《じょうたつ》は早いらしい。ミアは、ウスズ様が若《わか》いころつかっていた斧《おの》をコキバにやろうと思っていることを知っていた。

でも、ミアは、コキバも武器《ぶき》を嫌《きら》うと思っている。黒い毛のかたまりのような生き物でしかなかったころから、コキバは武器《ぶき》をもつ人にはむかっていった。斧《おの》を腰《こし》にささないミアや星の音にはすぐなついた。

コキバは宝物殿《ほうもつでん》にあったダイヤモンドのかたまりが、マカド様の思いを吸《す》いこんで生まれた

ものだ。

マカド様は斧《おの》の民《たみ》としていつも腰《こし》に斧《おの》をさし、何かあれば斧《おの》をふりあげることに迷《まよ》いはない。

それでも、心の底《そこ》では武器《ぶき》を嫌《きら》うだろうとミアは思っている。そのマカド様の思いを吸《す》いこんで生まれたコキバも、本能《ほんのう》では武器《ぶき》を嫌《きら》うはずだ。トロルは、かじりついているコキバを、かさぶたをはがすようにむしりとって地面へ投《な》げ捨《す》てた。

「ミア、逃《に》げろ！」

コキバは、また起き上がってトロルにかじりついていく。

隊長《たいちょう》が槍《やり》でトロルの足をさしたが、虫にさされたほどにしか感じないようだ。隊長《たいちょう》をみむきもしない。

「ミア、早く乗れ！」

五爪《ごづめ》も叫《さけ》んでいる。

ミアも、五爪《ごづめ》にかけよろうとした。

このトロルはミアへ手をのばした。何かをさがしている様子だった。ミアをさがしていたのだろうか？　ミアは魔女《まじょ》の赤《あか》ん坊《ぼう》ではない。どうしてトロルがミアをさらおうとするのか、わけがわからない。でもともかく、ここに自分はいないほうがいいと思ったのだ。

地鳴りがしていた。上の道を繭の里のほうからトロルが何人かかけてくるのだ。トロル一人でいっぱいの道なので、一列に並《なら》んでいる。何人かはわからない。でも、たいまつをかかげて走っている。その灯《あか》りが上の道にきれいに並《なら》んでみえた。さっき、このトロルが指笛を吹《ふ》いた。それで呼《よ》んだのかもしれない。

でも、トロルの足音だけではない。ミアには見当もつかない不気味《ぶきみ》な音がしていた。地の底《そこ》をゆるがすような、地割《じわ》れが起こるような不気味《ぶきみ》な音だ。

地面がゆれた。

上の道を走っていたトロルたちが、繭の里のほうをふりむいた。コキバをむしりとろうとしていたトロルも手をとめて、上のほうへ目をやる。

山が崩《くず》れていた。森をはりつけたまま地面がすべりだしている。

「山崩《やまくず》れだ。土砂《どしゃ》が流れてくるぞ！」

隊長《たいちょう》が叫《さけ》んだ。

山火事を消すために山の川の流れを変《か》えたといっていた。その水のいきおいで土砂《どしゃ》まで流れ落ちてくる。水と土は、繭の里の炎《ほのお》を消し去りながら、恐《おそ》ろしいいきおいで天蓋の都へせまっていた。

一列に並《なら》んだトロルたちはそれをみて、おどろいたことに上の道から崖《がけ》のほうへ飛《と》びおりた。ここは高い山の中腹《ちゅうふく》にある窪地《くぼち》だ。ここから下の地面までそうとうな距離《きょり》がある。体の大きなトロルなら、そんなところを飛《と》びおりても平気なのだろうか。

「ミア！」

コキバが、ミアへ手をさしのべる。ミアがその手をつかまないうちに、トロルがミアの胴体《どうたい》を片手《かたて》でつかみ上げていた。

「はなして！　助けて！」

宙《ちゅう》に浮《う》いた体でじたばた手足を動かしても、ミアにはどうしようもない。

「ミアをはなせ！」

コキバがすがりつくが、トロルはコキバを足蹴《あしげ》にし隊長《たいちょう》や五爪《ごづめ》を太い腕《うで》でなぎはらう。そして、竜《りゅう》だまりの崖側《がけがわ》の手すりにかけよる。

トロルに胴体《どうたい》をつかまれたミアは、崖《がけ》の下をのぞいていた。みえるのはやみだけだ。やみの底《そこ》は、みえはしない。でも、やみの中にきっと深い森がどこまでもつづく。

まさか、このトロルもたいまつをかかげていたトロルたちのように飛《と》びおりるのだろうか

と、体をこわばらせたとき、トロルは竜《りゅう》だまりから飛《と》びおりていた。

ミアは高いところから飛《と》びおりるのは平気だ。星の音に竜《りゅう》にまたがる訓練《くんれん》をさせられている。王宮のウスズ様の竜《りゅう》だまりから、ウスズ様の竜《りゅう》にまたがり何度も地面すれすれまで飛《と》びおりている。

トロルは木々をふみ倒《たお》し、両足をそろえてドンと着地した。子どもが水たまりを飛《と》びこえてみた、といった様子だ。そしてすぐ森の中をかけだす。

森のむこうの先に、飛《と》びおりたトロルたちがもつたいまつの灯《あか》りが、ちらちらまたたいている。

ミアをつかんだトロルは、その灯《あか》りを頼《たよ》りに森の中を走る。あたりの木々の枝《えだ》がトロルが走るいきおいで、バキバキと音をたてて折《お》れる。折《お》れればいいが、しなる枝《えだ》もある。崖《がけ》から飛《と》びおりたときは目を回さないでいたミアだが、しなった枝《えだ》がはねかえって頭を直撃《ちょくげき》し気を失《うしな》っていた。

気がついたら薄暗《うすぐら》い。

穴《あな》の中にほうりこまれていた。なんとかたちあがったミアは上をむいた。穴《あな》はミアの背丈《せたけ》より深い。穴《あな》の壁《かべ》を手でさわってみた。上へよじのぼろうにも、岩肌《いわはだ》はとりすがる突起《とっき》もなかった。

それでも、おおいのない穴《あな》のはるか上にごつごつした岩肌《いわはだ》の天井《てんじょう》がみえる。そこにうっすらと明かりがさしているのがわかった。

ここは洞窟《どうくつ》の中にある穴《あな》だ。

夜が明けていた。ミアは、助けを呼《よ》ぼうと声を出しかけて、この洞窟《どうくつ》はトロルの隠《かく》れ家《が》なのだろうと口をとじた。日の光が苦手なトロルたちは、ここで寝《ね》ているのかもしれない。どうしたらいいのかわからなかった。そして、どうしてミアがさらわれたのかわからなかった。

足音がひびいた。トロルだ！

ミアは、まだ気を失《うしな》ったふりをしていたほうがいいと、穴《あな》の底《そこ》に横たわった。みられていると思った。視線《しせん》を感じる。

薄目《うすめ》を開けてみると、穴《あな》のふちにトロルの顔がのぞいている。トロルの大きさからいえば小さな穴《あな》なのだろう。トロルの二つの顔がむかいあってミアをのぞきこんでいる。その顔がすぐほかのトロルの顔に変《か》わる。交代でミアをみているらしい。首をふったり、さあてというよう

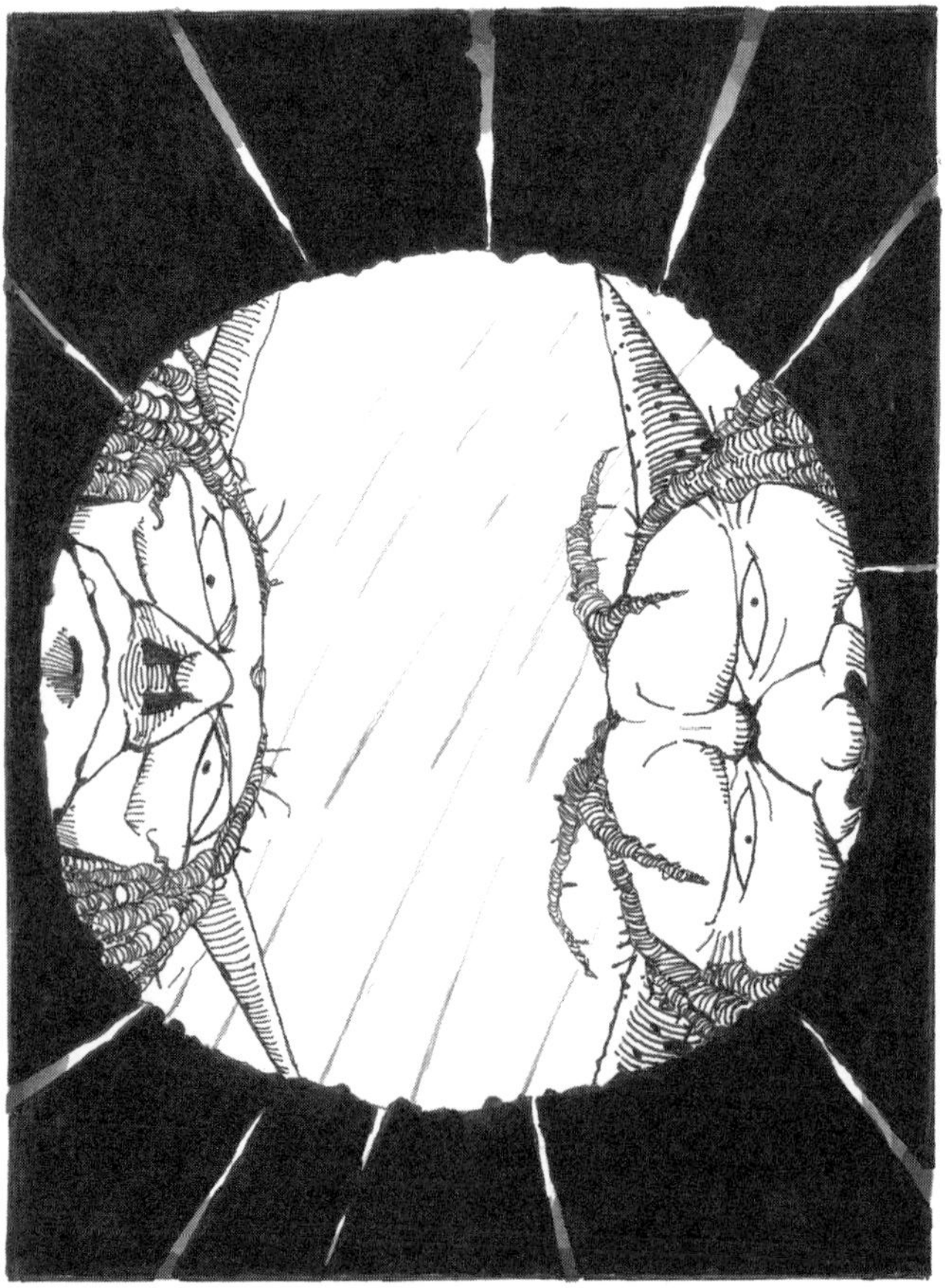

に首をかしげたり、うなずいたり、反応《はんのう》はさまざまだ。

うなり声に耳をすませていたが、

「はなして！」

「やめて、助けて！」

と悲鳴がする。

女の人の声だと思い、上をみあげたら、穴《あな》へ二人の女の子がほうりこまれた。

二人とも木綿《もめん》のチュニックにエプロンをつけ、三《み》つ編《あ》みの髪《かみ》を頭に巻《ま》いている。繭の里の女の子だろう。どちらもミアよりは年上のようだ。ほうりこまれた衝撃《しょうげき》で痛《いた》そうに腰《こし》をおさえたり、肩《かた》をおさえたりしている。

「大丈夫《だいじょうぶ》ですか？」

ミアが近よると、なんとか地面にすわりこんだ。

すぐまた悲鳴がして、また二人女の子がほうりこまれる。やはりミアよりは年上にみえる。一人はミアたちさえ怖《こわ》がるように壁《かべ》ぎわに身をよせて両ひざをかかえてちぢこまる。そして、そのひざに顔を押《お》しつけて泣《な》きだした。

なんとなく、その子をとりかこむように五人がひとかたまりになった。

トロルたちは、交代でのぞきこんではうなる。泣《な》いている子は、そのうなり声をききたくないというように両手で耳をふさいだ。

ひとかたまりになってふるえていたが、トロルたちのうなり声に、あくびがまじりだした。そして、ドタリ、ドタリ、と重い足音と地ひびきをたてて穴《あな》からはなれていく。穴《あな》をのぞきこむトロルはいない。そして、いびきがきこえだした。トロルたちは眠《ねむ》りだしたようだ。

ミアたちは、ほっと体の緊張《きんちょう》をといた。

「これから食べられるの？」

壁《かべ》ぎわでちぢこまっていた子がきく。すそに刺繍《ししゅう》のあるよそゆきのチュニックだ。

ミアも、どうして食べられなかったのかと不思議《ふしぎ》だった。トロルはけものや人間の子どもまで食べるときいた。ミアは天蓋の都の竜《りゅう》だまりで、あのトロルに食べられてもしょうがなかったのだ。ミアは子どもとはいえないのだろうか。

「トロルに？」

「私《わたし》たちが？」

繭の里の女の子たちが、うーんというように顔をみあわせた。繭の里の女の子たちは、トロルのことをよく知らないようだ。

「家畜《かちく》はおそうけど、人間を食べるなんて、まずないと思う」

食べられはしないだろうといいながらも、不安《ふあん》は隠《かく》せないようだ。なぜ、ここへつれてこられたのかわからないからだ。

「どこから来たの？」

繭の里の気の強そうな目つきの女の子が、トロルが人間を食べると信《しん》じているとは！　と、泣《な》いている子をみた。

「この子は春市《はるいち》に来たお客さん」

泣《な》いている子といっしょにほうりこまれた子が、この子は泣《な》いていてこたえられないだろうから、かわりにというように口を出した。あとのミア以外《いがい》の三人は顔みしりらしい。泣《な》いている子は花嫁《はなよめ》になるには幼《おさな》いようにみえる。それでもミアよりは年上、十四、五歳《さい》だろうか。

春市に来た客だと教えた女の子は、今度はミアをみて、

「この子は王宮から来たのよ」

とうなずいた。ミアは、どうして知っているのだと目をみはった。

「私《わたし》はお館で下働《したばたら》きをしてる。リャドというの。テラスのお客様に料理《りょうり》を運んでいたわ。あな

たが隊長《たいちょう》につかまって、偉《えら》そうな王宮の女の人に助けられたところをみてた」

リャドは天蓋の都の子のようだ。やはりエプロンをして十六、七歳《さい》にみえる。ここにつれてこられた子は、みんな十歳《さい》はすぎている。

「へえー。王宮から――」

繭の里の気の強そうな目つきの子が、そういえばというように、

「お嬢様《じょうさま》が帰ってきたんですってね」

とミアをみる。

おまえは、お嬢様《じょうさま》が帰ってきたわけを知っているだろうといわれたようで、ミアは目をそらした。鬼食いのことはいいたくなかった。でも、ほかの繭の里の子もリャドも、ああとうなずく。お嬢様《じょうさま》が王宮にめしかかえられたことは、みんなが知っているようだ。

「疫病神《やくびょうがみ》よ。やっと出ていったと思ったのに。舞《ま》いもどったとたん、この騒《さわ》ぎよ」

きつい目つきの女の子が、はきすてるようにいう。

「キリ、いいすぎよ」

もう一人の繭の里の女の子が、キリと呼《よ》んでその子をにらんだ。

「なによ。サンだってそう思っているくせに。父さんが、トロルがここをおそうのは、お嬢様《じょうさま》

がいるからだっていってたわ」

キリは、いい子ぶるんじゃないとサンをにらむ。サンと呼《よ》ばれた子も、いいかえしはしなかった。内心そう思っているからだろう。

「都でもそういってるわ」

リャドが口を出した。

「トロルは山からはなれたがらないんだって。山近くの村や町はおそうけど、都はおそったりしないらしい。でも天蓋の都は、これで三度もトロルにおそわれたのよ。やっぱり――」

お嬢様《じょうさま》のせいだといいたいらしい。

「私《わたし》たち、お嬢様《じょうさま》にまちがわれたんじゃないかな」

キリは、むっとしたように口をへの字に結《むす》んだ。

サンも、はっとした様子だ。

「火が出て、家が燃《も》えるのはあっというまだった。トロルが追いかけてきた。母さんとおばあちゃんを追いぬいて私《わたし》をつかんだ」

サンも、偶然《ぐうぜん》つかまったのではないといいたいのだ。

ミアもキリのいうように、まちがわれたのかもしれないと思った。あのとき、天蓋の都の竜《りゅう》

だまりにいた女の子はミアだけだった。コキバは、トロルにしがみついたのに、ふりはらわれていた。男の子はいらなかったのだろうか？　そういえば、あのトロルは、ミアをめざしてまっすぐにやってきたような気もする。

「選《えら》んだのよ」

春市に来た子も、ひざから顔をあげた。

「逃《に》げる途中《とちゅう》でトロルにつかまったの。母さんも姉さんも、姉さんみたいな若《わか》い女の人だって二、三人いた。五歳《さい》ぐらいの女の子もいた。なのに、ぐるっとみまわして、私《わたし》をさらった」

また、ヒーと声をあげて、ひざに顔をふせて泣《な》きつづける。花嫁《はなよめ》になるには若《わか》すぎるとみえたが、姉についてきた妹らしい。

「穴《あな》をのぞきこんで、あれだろうか、これだろうかってうなってるようにみえた」

キリが、ああ気持ち悪かった、とぶるっと体をふるわせた。ミアたちも、そう思ったとうなずいていた。春市に来た子だけが、トロルの様子に気づく余裕《よゆう》もなかったらしい。顔をふせて泣《な》いたままだ。

トロルには、お嬢様《じょうさま》をさらいたいわけがあるようだ。どんなわけだろう？　魔女《まじょ》だからなのだろうか。

あのお方は、ちょくちょく都へやってきたはずだ。でも、トロルたちは、はかったように三十年ごとに都をおそっている。トロルにはトロルの思惑《おもわく》があるように思える。

「天蓋の都には、ほかの魔女《まじょ》はいないんですか？」

大きな都には何人か魔女《まじょ》が住んでいることがある。トロルは、ほかの魔女《まじょ》に興味《きょうみ》がないのだろうかとミアは思う。

キリたち繭の里の子は、魔女《まじょ》のことは知らないというようにリャドをみる。

リャドは、いるとうなずいた。

「私《わたし》の家のとなりに魔女《まじょ》がいてよ。そりゃ王宮の魔女《まじょ》とはくらべられないわ。染料《せんりょう》の色の出をよくするぐらいよ。でも、魔女《まじょ》は魔女《まじょ》。百歳《さい》近いけど、母さんより若《わか》くみえる。でもきっと、お嬢様《じょうさま》には逆立《さかだ》ちしたってかなわないんだと思う。魔女《まじょ》の魔力《まりょく》があらわれるのは、たいてい百歳《さい》をすぎてからなんだって。なのに、お嬢様《じょうさま》は三十歳《さい》をすぎたあたりで魔力《まりょく》があらわれだしたというわ。気持ちは三十歳《さい》でもみためはきっと七、八歳《さい》の子どもだったはずよ」

リャドは、子どもが魔法《まほう》をつかうのよ！　と、目をぐるんと回してみせて、

「となりの魔女《まじょ》がいうには、どんな魔力《まりょく》をもつのかも、修行《しゅぎょう》しだいでわからないらしい。でも、修行《しゅぎょう》しなくても祖母《そぼ》や母親から、代々の魔力《まりょく》をうけつぐ魔女《まじょ》もいるというわ。お嬢様《じょうさま》は、

ごく幼《おさな》いころから魔力《まりょく》があらわれた。母親からそのまま魔力《まりょく》をうけついだ特別《とくべつ》な魔女《まじょ》だってことよ」

と、つづけた。

ミアは、星の音もそうだと思いだした。魔力《まりょく》も名前も祖母《そぼ》からもらったといっていた。

鬼食いの母親の魔力《まりょく》は甘《あま》みがわかるというものなのだろうか。そんなことを魔力《まりょく》と呼《よ》ぶのかと疑《うたが》ってしまう。甘《あま》いものの味がわかる、ただそれだけの魔女《まじょ》をトロルがこんなにしつこく追いかけるだろうか。六十年前、鬼食いの母親も追い回されたときいた。赤《あか》ん坊《ぼう》をねらったのだろうと思っていたが、母親も標的《ひょうてき》だったのかもしれない。

「お嬢様《じょうさま》の魔力《まりょく》って、どんな魔力《まりょく》なんですか？」

甘《あま》みがわかる毒見《どくみ》だけではないのかもしれない、とミアは疑《うたが》う。

「私《わたし》が知ってるはずない。魔女《まじょ》は自分の魔法《まほう》にちなんで名前をつけてもらうんでしょ。そして、呪《のろ》いをうけやすくなるから名前を隠《かく》すんでしょ。となりの魔女《まじょ》はまだ名前がないわ。でも、名前があっても絶対《ぜったい》いわないと思う」

天蓋の都でも繭の里でも、魔女《まじょ》としての鬼食いの名前は隠《かく》されたままだ。王宮でも魔女《まじょ》の名前と役職名《やくしょくめい》が同じだと知っている人はそういないのかもしれない。いっしょに産屋《うぶや》に入った雛《ひな》守《もり》だから知っていたのだろう。

銀《ぎん》の羽《はね》は、鬼食いと呼《よ》ばれるのは、毒見《どくみ》の魔女《まじょ》だといった。王宮の毒見《どくみ》の魔女《まじょ》はみな鬼食《おにく》いと呼《よ》ぶらしい。お嬢様《じょうさま》が魔女《まじょ》の母からうけついだ名前だ。母親も毒見《どくみ》の魔女《まじょ》だったのだろうか。名前のことがミアは気になった。


「特別《とくべつ》な魔女《まじょ》だから、お嬢様《じょうさま》をさらいたいんでしょうか？」

ミアが首をかしげると、さぁとキリたちも首をかしげた。

「どうするつもりなのかわかんないけど、お嬢様《じょうさま》に何か用があるのよ」

「そうよね。でなかったら、お嬢様《じょうさま》に似《に》た年頃《としごろ》の私《わたし》たちをこんなところにさらってきたりしない」

繭の里のキリたちは、トロルはお嬢様《じょうさま》をつかまえたいのだという。ミアもそう思う。怖《こわ》い魔《ま》女《じょ》なら、殺《ころ》してしまえばいいのだ。こんなところへつれてきたりはしない。

いい迷惑《めいわく》だ、とキリの鼻息は荒《あら》い。

「きっとお嬢様《じょうさま》が十歳以上《さいいじょう》にみえるだろうっていうことしかわからないんだわ。六十年前におそったときは生まれたての赤《あか》ん坊《ぼう》だったわけだし、三十年前は、竜騎士《りゅうきし》様たちに追い立てられ

たっていうもの。実物をみたことがないのよ」

ミアは、三十年前は竜騎士《りゅうきし》だけではなく、きっと魔女《まじょ》も参戦《さんせん》したのだと思う。今回は王宮の魔女《まじょ》は寝《ね》こんでいる。

魔女《まじょ》がいたら、戦《たたか》いはこんなに長引きはしないのだ。


キリたちは、トロルはお嬢様《じょうさま》をねらっているのだとうなずきあった。

「とにかく、繭の里か天蓋の都にお嬢様《じょうさま》がいるってことだけはわかってるんだわ。執念深《しゅうねんぶか》い！」

キリは、ああ怖《こわ》い、と自分の腕《うで》をさする。

やはり、トロルはトロルでお嬢様《じょうさま》をねらう目的《もくてき》があるのだ。なんだろう？　ミアは何か頭のすみにひっかかっていることがあると、必死《ひっし》でそれをひっぱりだそうとしていた。

「あなた方、のんきね。お嬢様《じょうさま》がどうしたとか。そんなことしゃべってる場合？　怖《こわ》くないの？」

春市に来た泣《な》いてばかりいる女の子が、ミアたちを涙《なみだ》でぬれた目でにらむ。

「あなたこそ、泣《な》いてばかりいないで泣《な》きやんでよ。いらいらする」

キリが、ふんと鼻をならす。キリたちだって怖《こわ》いのだ。

「怖《こわ》いわよね。でも、きっと誰《だれ》か助けに来てくれるわ」

サンが、春市に来た子の背《せ》をなでた。

「助けに来る？」

春市に来た子は疑《うたが》わしげだ。

「いまに竜騎士《りゅうきし》様たちが助けに来ます」

ミアは自信《じしん》たっぷりにうなずいてみせた。

「ほんと？」

泣《な》いていた子の顔がぱっと明るくなった。

「私《わたし》がトロルにさらわれたことを知っています。助けに来てくれます」

ミアは、コキバと五爪《ごづめ》とウスズ様が必《かなら》ず助けに来てくれると信《しん》じていた。

「そうよね。もうお昼だわ。トロルはお日様の光が苦手なんでしょ」

春市に来た子が、明るさをました穴《あな》の上をみあげる。

「うーん。どうかな？　ここは巨大《きょだい》な洞窟《どうくつ》よ」

「つれてこられるときにみなかった？」

キリとサンが同時にまゆをよせる。

「私《わたし》、気を失《うしな》っていて――」

ミアが、みていないと首をふる。

「繭の里の岩場から洞窟《どうくつ》に飛《と》びこんで、そうとう歩いたわ」

サンが、自分が歩いたんじゃない、トロルが大股《おおまた》で歩いたのだと両手を広げた。トロルの一歩の幅《はば》をいいたいらしい。

繭の里でつかまったらしいキリたちがミアのあとに穴《あな》にほうりこまれたのは、洞窟《どうくつ》の距離《きょり》のせいだ。

「都の近くにこんなに大きな洞窟《どうくつ》があるなんて知らなかった」

リャドも大きいとうなる。

「巨大《きょだい》な洞窟《どうくつ》ならどうなの？」

春市に来た子が不安《ふあん》げに、キリたちと穴《あな》の上をみくらべた。

「洞窟《どうくつ》の奥《おく》まで日の光は入りこまないわ。トロルたちは昼でも夜のように戦《たたか》えるってことよ」

キリは、はあっとため息をついた。

「ここ、もしかして大昔にあったっていうトロルの都の廃墟《はいきょ》じゃないのかな？　お年寄《としよ》りから

きいたことがある。それは大がかりな地下の都があって、トロルたちはそこで暮《く》らしていたんだって。なのに、どうしてかそこを捨《す》てなきゃいけなくなって、山をわたり歩くようになったんだそうよ。何があったっていったかな？」

リャドが宙《ちゅう》をにらんで、

「トロルが苦手な虫が出たのよ。あまりみかけないめずらしい虫だったそうよ」

思いだした、とうなずいた。

その虫のせいで、この都は廃墟《はいきょ》となったらしい。

第七章　廃墟《はいきょ》での戦《たたか》い

「何⁉」

サンがはっと穴《あな》の上をみる。

穴《あな》の上を大きな影《かげ》が横ぎっていく。

「竜《りゅう》だわ！」

キリもうなずく。横ぎっていく影《かげ》はふえていく。

「ここよ！　助けて！」

春市《はるいち》に来た子が叫《さけ》びだした。

遠くのほうでうなり声や叫《さけ》び声《ごえ》がきこえだす。トロルと竜騎士《りゅうきし》たちが戦《たたか》っている。

その声にまじって、

「ミア、ミア！　どこだ？」

とコキバの声がする。

「コキバ、ここよ！　穴《あな》の中」

ミアは上へむかって叫《さけ》んだ。

「ミア、生きていたか！」

五爪《ごづめ》の声がミアの頭の中にひびいた。

「ミアっていうのね」

と、コキバの声をききつけたキリがいう。名乗っていなかった、とミアはうなずいてみせた。

すぐコキバの顔が穴《あな》のふちにのぞいた。

「コキバ！」

ミアはうれしくてたまらない。

ミアは、コキバにまた会えてほっとして、ゆるみきった顔をしていると思う。なのにコキバは、むっと怒《おこ》った顔だ。

「コキバ？」

どうかしたのかとミアは首をかしげた。ほほえんでもくれない。

「何かさがしてくる」

コキバの顔はすぐふちから消える。この穴《あな》から助けだす何かをもってくるつもりらしい。それにしても、なんであんなに不機嫌《ふきげん》なのだろう。ミアは生きている。コキバに喜《よろこ》んでもらいたかった。

「この穴《あな》では、いくら小さめのおれでも入れん」

五爪《ごづめ》が、穴《あな》に顔をつっこんでくる。体は入らない。

「五爪《ごづめ》！」

ミアは五爪《ごづめ》の鼻先を背《せ》のびしてなでた。

ミアの無事《ぶじ》をたしかめようと穴《あな》へ首をつっこんでいた五爪《ごづめ》も、すぐ首をぬいた。

穴《あな》の上に影《かげ》ができたところをみると、五爪《ごづめ》は穴《あな》のふちでみはっているらしい。

「すぐに追いかけたかったが、気を失《うしな》っていた。すまん」

五爪《ごづめ》の声がしている。

天蓋《てんがい》の都《みやこ》の竜《りゅう》だまりで、コキバも五爪《ごづめ》もトロルになぎはらわれていた。

「でも、森の中にミアをさらったトロルが通った跡《あと》がはっきり残《のこ》っていた」

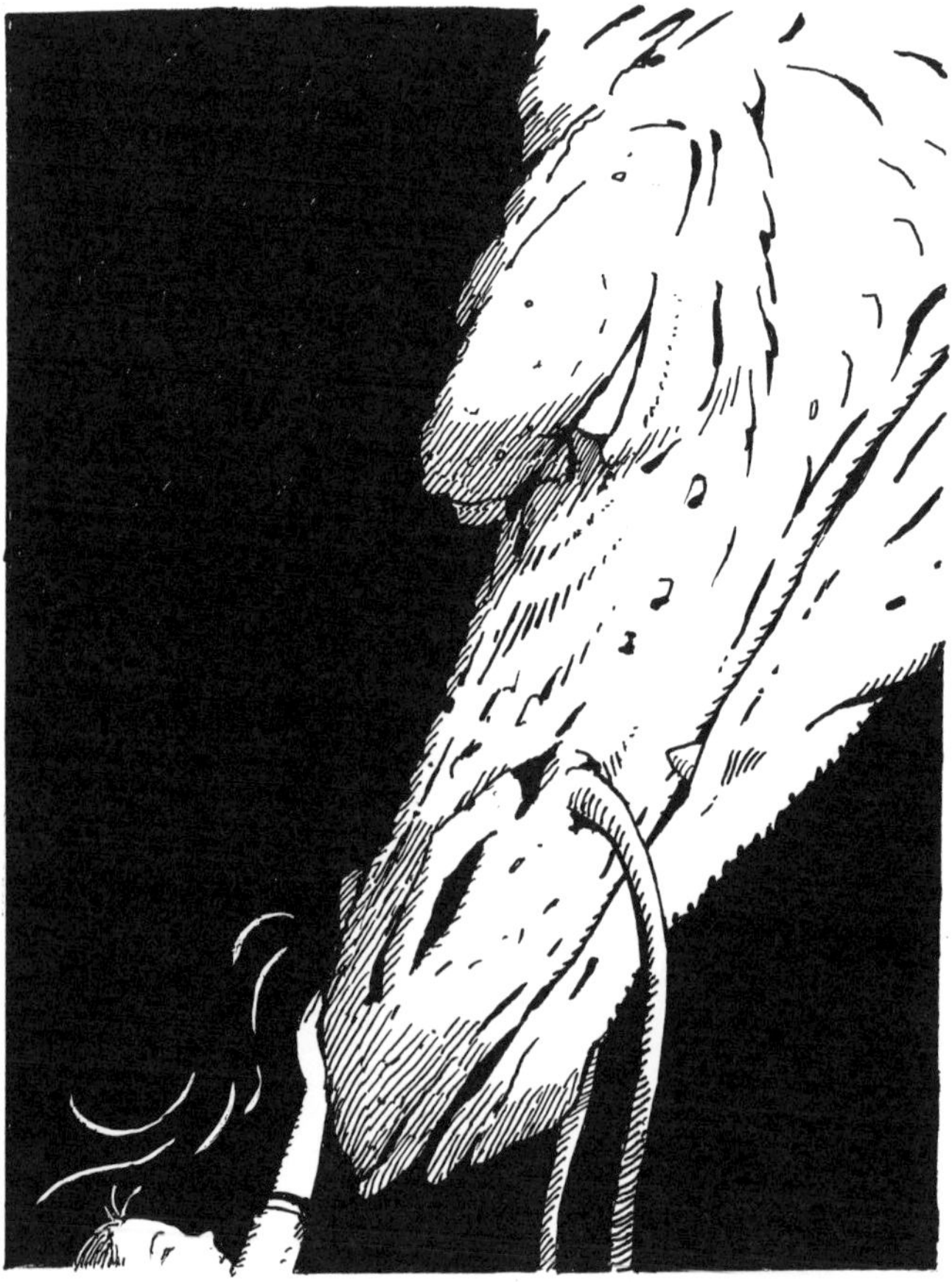

ミアをつかんだトロルは、森の木々をなぎ倒《たお》して走っていた。その跡《あと》をたどって洞窟《どうくつ》をみつけたらしい。

「昨日《きのう》、アマダ様は、トロルは繭《まゆ》の里《さと》の上の山で寝《ね》ているのだろう、と山の中をさがしていらした。ところが、みつからんでな。暗くなったとたんにトロルがぞろぞろと出てきた」

竜騎士《りゅうきし》をたばねるアマダ様は、ねぐらをおそうつもりだった。その作戦《さくせん》がうまくいかなかったらしい。

「桑畑《くわばたけ》の上の山の片側《かたがわ》に岩場がある。まさか、日の光をさえぎるもののないその岩場に、出入り口があるとは思わんかったしな。まして、そこからこんな洞窟《どうくつ》につづいているとは、おどろいた」

竜騎士《りゅうきし》たちは、トロルのねぐらをさがしあぐねていたのだ。

「私《わたし》がつかまって、よかったんだ」

森の木々をふみ倒《たお》して走るトロルは怖《こわ》かったけど、とミアは穴《あな》の上をみあげた。

「いいはずがない！　どんなに心配したか、よく考えろ！　コキバはきっと生きたここちがしなかっただろう」

「コキバ、怖《こわ》い顔してた」

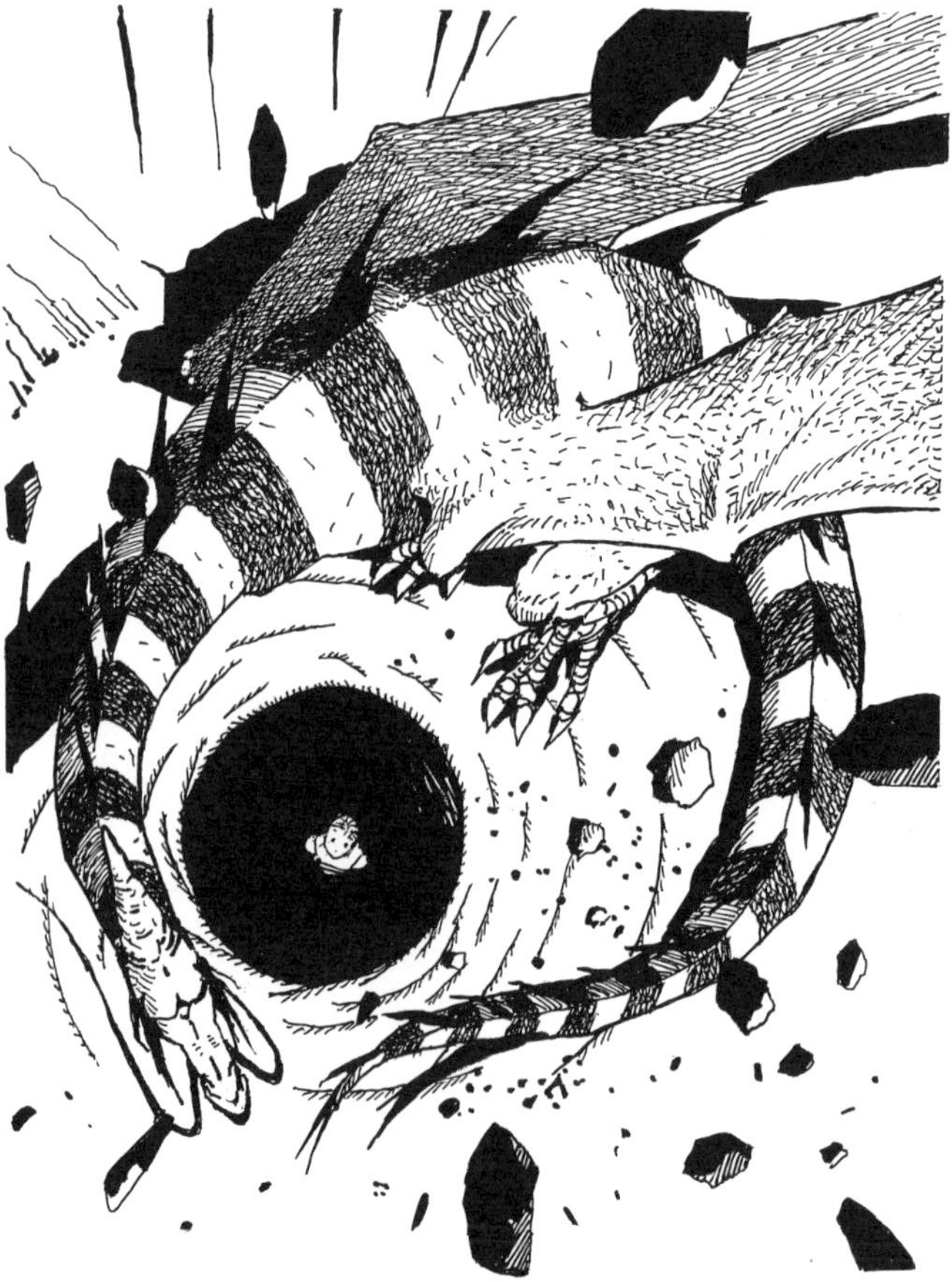

ミアは、さっきのコキバを思い起こした。ミアをみつけてもうれしそうじゃない、と不満《ふまん》だった。ほほえんでくれたらいいのにと思った。ほほえみかける余裕《よゆう》もなかったらしい。

「コキバは、ずっと言葉もなく亡霊《ぼうれい》のようだった。今ごろ、ミアが生きていた！　と安心して泣《な》いているぞ。あとでよくあやまるんだ」

五爪《ごづめ》は、まじめな調子でそういう。

コキバが泣《な》いているとは、おおげさかもしれないと思いながらも、ミアは、あやまることはできないとくちびるをとがらせた。天蓋の都の竜《りゅう》だまりのあの状況《じょうきょう》で、自分だけ逃《に》げるという選択肢《せんたくし》はミアにはなかった。やけどやけがをしている人がいる。ミアはジャをもっている。誰《だれ》かを助けることができる。それなら、助けにむかうのは当たり前のことだ。ミアはそう思う。

ミアのそんな思いを、コキバにわかってもらいたい。『行ってこい！』といってもらいたい。でも心配をかけたことは事実だ。やっぱりあやまろう。ミアは、その後に、自分の思いをきちんと伝《つた》えなきゃと思った。

竜騎士《りゅうきし》たちとトロルの戦《たたか》いははげしさをましたようだ。トロルたちのうなり声や悲鳴。竜騎《りゅうき》士《し》たちと竜《りゅう》たちの声もきこえる。

「後ろだ！」

「やられた！」

という竜騎士《りゅうきし》たちの声や悲鳴。そして、地ひびきが大きくなる。地面がゆれるたびに、ミアたちがほうりこまれた穴《あな》の壁《かべ》から小さい岩がぼたぼたとおちてくる。

ミアたちはまた身をよせあって上をみあげた。

トロルのうなり声が近くでした。と思ったら、穴《あな》のふちでみはっていた五爪《ごづめ》の影《かげ》が動いた。五爪《ごづめ》がトロルと戦《たたか》っている。こん棒《ぼう》をふり回す空気をさく音。五爪《ごづめ》のしっぽが何かをたたく低《ひく》い重い音がする。穴《あな》の中のミアたちは何が起こっているのかわからない。音だけなのが、かえって怖《こわ》い。

この穴《あな》の上は明るい。きっと洞窟《どうくつ》の入り口近くにある。戦《たたか》いは洞窟《どうくつ》の奥《おく》で始まったようだったのに、ミアたちのいる穴《あな》のほうまで竜騎士《りゅうきし》たちは押《お》しもどされているらしい。竜騎士《りゅうきし》たちは苦戦《くせん》しているのかもしれない。

「キリ！」

みしらぬ顔が穴《あな》をのぞく。

「兄さん！」

キリの兄らしい。

「無事《ぶじ》か？　さがしたぞ」

繭の里の男たちや天蓋の都の警備隊《けいびたい》も戦《たたか》っているのだ。コキバがキリの兄をつれてきたらしい。

コキバの顔もとなりにあらわれた。

「これにつかまって上がってこい！」

キリの兄がロープを穴《あな》におとしてくれた。

キリとサンは、何もいわずにミアの体にロープを巻《ま》こうとする。いちばん幼《おさな》いからだろう。

ミアは、泣《な》いている春市に来た子を指さした。

「無理《むり》、無理《むり》、こんな壁《かべ》、どうやって登るの！」

やっと助けが来たのに、しりごみしだした。

「ぐだぐだいわない！」

リャドが、さっさとロープを巻《ま》きつけてやる。

春市に来た子は、悲鳴をあげながら荷物のように引き上げられていく。

その後は、当然《とうぜん》のようにミアが引き上げられた。

先に引き上げてもらった春市に来た子は、まわりの様子に動けないようだ。青い顔でふるえ

るばかりだ。

戦《たたか》いはすぐそばだ。キリたちがいうように、ここは巨大《きょだい》な洞窟《どうくつ》だ。竜《りゅう》たちが宙《ちゅう》を飛《と》んで、あんなに大きなトロルと戦《たたか》っている。天井《てんじょう》はものすごく高い。

竜騎士《りゅうきし》の竜《りゅう》のしっぽがトロルの胴《どう》をなぎはらう。

「ギャ！」

よろめいたトロルの足がミアたちの頭の上にせまってくる。まるで大木が倒《たお》れるようだ。

ミアは、動けなくなっている春市に来た子をなんとか引っぱって、その足をよけた。

「ミア、早く逃《に》げろ！」

コキバが叫《さけ》んだ。

ミアは、尻《しり》もちをつき、ちぢこまる春市に来た子の腕《うで》をつかんだ。春市に来た子はミアより体格《たいかく》がいい。腰《こし》がぬけたのか、ミア一人では立たせることもできない。

穴《あな》から助けられたリャドが、ミアとは反対側《はんたいがわ》の腕《うで》をつかんで引っぱってくれる。

「明るいほうへ」

キリたちを引き上げているコキバが心配げにふりかえった。

明るいほうがどっちかはわかる。でも、竜騎士《りゅうきし》たちと戦《たたか》っているトロルの足元をすりぬけていかなくてはいけない。

なんとか足をふみだしたミアたちに、

「谷の子。危《あぶ》ない！」

とウスズ様の声がした。

ふりむくと、一人のトロルがミアたちに腕《うで》をのばしている。ミアは春市に来た子を引っぱってトロルの腕《うで》をよけようとした。でも、春市に来た子とリャドの二人を、ミアの力で引っぱれるはずがない。

ミアはなんとかトロルの手を逃《のが》れたが、トロルは春市に来た子とリャドをもぎとるようにつかんでしまう。

両手に女の子をにぎったトロルは、洞窟《どうくつ》の奥《おく》へとかけだしていく。

「助けて！」

春市に来た子が悲鳴をあげながら、ミアのほうへ手をのばしている。

「五爪《ごづめ》！」

ミアは呼《よ》んだ。

五爪《ごづめ》は穴《あな》の近くでトロルと戦《たたか》っていた。五爪《ごづめ》は、トロルの目を足の爪《つめ》で引っかくと、すぐミ

アのそばにおり立った。

ミアは五爪《ごづめ》の背《せ》に飛《と》び乗《の》った。五爪《ごづめ》はミアの思いをさっしたように、両手に女の子をにぎったトロルめがけて飛《と》びだした。

「ミア！」

「谷の子！」

キリたちを穴《あな》から引き上げ終えたコキバとウスズ様の声がしている。もどってこいといいたいのだとわかっているが、ミアはきこえぬふりだ。

コキバがミアのあとを追いかけようとしたが、トロルにおそいかかられて、ほかの竜騎士《りゅうきし》に助けてもらっている。

五爪《ごづめ》はすぐ女の子たちをつかんだトロルに追いついた。

「おちるな！」

五爪《ごづめ》がどなる。

「大丈夫《だいじょうぶ》」

ミアは五爪《ごづめ》の背《せ》にしがみついた。五爪《ごづめ》はトロルの背中《せなか》に体当たりしていく。

トロルはいきおいよく転んで、一人の女の子を手からはなした。それでも、すぐたちあがってかけていく。

トロルの手から女の子が宙《ちゅう》を飛《と》んでいく。洞窟《どうくつ》の天井《てんじょう》にぶつかりそうにみえたが、かすめただけでおちてくる。そこを五爪《ごづめ》がつかえるほうの右の足で引っかけてうけとめた。

五爪《ごづめ》が地面におり立つ。つかんだ子はリャドだ。ミアは五爪《ごづめ》の背《せ》から飛《と》びおりてかけよった。

リャドは青い顔をしているが、大きく息をついてうなずいてみせた。

ほっとする間もなく、二人のトロルがミアたちめがけてかけてきた。竜騎士《りゅうきし》がトロルとミアたちの間にわりこんでくれる。

「谷の子、無事《ぶじ》か？」

「谷の子、なんでねらわれているの？」

来てくれたのはウスズ様と、ウスズ様の竜《りゅう》だ。

ウスズ様とウスズ様の竜《りゅう》は最強《さいきょう》だ。ミアに問いかけながら、ウスズ様の竜《りゅう》が太いしっぽでトロルの足をなぎはらい、倒《たお》れこんだトロルにウスズ様が斧《おの》をふる。足を切りつけられたトロルは、足をひきずりながら逃《に》げだした。

もう一人のトロルとは五爪《ごづめ》が戦《たたか》う。小さめな五爪《ごづめ》はそのぶんすばやい。トロルは引《ひ》っかき傷《きず》

だらけだ。ひるんだトロルに五爪《ごづめ》のしっぽがいきおいよく飛《と》んだ。トロルは地面に転がって起き上がってこない。

「鬼食《おにく》いにまちがわれたんだと思います。トロルたちは年頃《としごろ》だけわかってて、どんな魔女《まじょ》か知らないみたいです」

「赤子をさらいおった魔女《まじょ》か？　なぜトロルがねらう？　そんなに強い魔女《まじょ》なのか？」

ウスズ様は、強い者はねらわれて当たり前だと思っている。

また一人、トロルがミアたちをみつけておそってきた。ウスズ様の竜《りゅう》は、こん棒《ぼう》をふりあげて走ってくるトロルの頭を、飛《と》びこえざまに足でけり上げた。トロルは岩をはねちらかして、ドーッと顔から倒《たお》れた。

「強いというより、めずらしい魔女《まじょ》です。オオカミの乳《ちち》で育ったので甘《あま》みがわかるそうです。王宮の毒見役《どくみやく》です」

トロルが倒《たお》れたいきおいで飛《と》んでくる岩を、リャドとよけながらミアがこたえた。

「ふーん。甘《あま》みがわかるだけの魔女《まじょ》をトロルがねらうの？」

ウスズ様の竜《りゅう》も、ミアと同じ疑問《ぎもん》を口にする。長い首をかしげながら、倒《たお》れたトロルの背中《せなか》にドンと乗ってしまった。

『鬼食い』は魔女《まじょ》の母親からもらった名前だそうです」

「王宮の毒見役《どくみやく》は鬼食いと呼《よ》ぶわ。母親も王宮の毒見役《どくみやく》だったの？」

ウスズ様の竜《りゅう》は、じたばたあばれるおしりの下のトロルの首にしっぽをふりおろす。トロルは、ウッと声を出して気絶《きぜつ》してしまった。

「母親は王宮とは関係《かんけい》ないと思います」

ミアは首をふった。

「母親は王宮の毒見役《どくみやく》でもないのに『鬼食い』？」

ウスズ様の竜《りゅう》は、けげんそうにフーンとうなった。


ウスズ様の強さに恐《おそ》れをなしたのか、おそってくるトロルは今のところいない。ウスズ様たちは、気絶《きぜつ》したトロルをおしりにしいて、ひと休みといった様子だ。

「これは負《ま》け戦《いくさ》かもしれんな。魔女殿《まじょどの》が一人でもいてくだされぱなぁ」

伝説《でんせつ》の勇者《ゆうしゃ》のウスズ様には、戦《たたか》いの結末《けつまつ》がわかるらしい。

「あまり被害《ひがい》が大きくならないうちに撤退《てったい》するように、アマダ様に進言するとしよう。日の高い今ならトロルも深追いはしまい」

ウスズ様が、竜騎士《りゅうきし》たちの戦《たたか》いぶりをみて、たるんどる！　と苦い顔だ。

ミアは、五爪《ごづめ》にまたがっていた。

「どこへ行く？」

ウスズ様がとがめるような目できく。

「洞窟《どうくつ》の奥《おく》へ。春市に来たお客さんが、さらわれたままです」

ミアと五爪《ごづめ》は飛《と》びだそうとした。

「やみくもに飛《と》んでいくな！　コキバがまた心配する。ここは巨大《きょだい》な洞窟《どうくつ》だぞ」

そうだ、コキバだと、ミアはあたりをみまわすが、コキバもキリたちの姿《すがた》もない。無事《ぶじ》に逃《に》げてくれと願《ねが》うだけだ。

「でも――」

とにかく行かなければ、とミアはあせる。

「それにしても大きいな。このあたりにあるトロルの都ほどもあろう」

のんきにあたりをみまわすウスズ様に、やっとおちついたらしいリャドが、

「その廃墟《はいきょ》だと思います」

と口を出した。

「廃墟《はいきょ》!?」

ウスズ様がきょとんとした顔になった。

ミアとウスズ様の竜《りゅう》が、ああとうなずいた。ウスズ様は何百年も呪《のろ》いにかけられていた。呪《のろ》いからさめたのは一年前だ。その間のことを何も知らない。ウスズ様もわかったらしい。

「滅《ほろ》びたのか！」

ウスズ様も、年月がたったとうなる。

「そうか。一度ここで戦《たたか》ったぞ」

ウスズ様があたりをみまわした。

「そうよ、思いだしたわ」

ウスズ様の竜《りゅう》がフフッと笑《わら》う。

一人のトロルが、またミアたちめがけて突撃《とつげき》してきた。

「ウスズは、いけにえ*にされかけたのよ」

と、ウスズ様の竜《りゅう》は笑《わら》いながらしっぽをふる。

「若気《わかげ》のいたりだ」

ウスズ様はムッとした顔で斧《おの》をふる。

＊いけにえ…ある目的《もくてき》のためにさしだされ、犠牲《ぎせい》になる命のこと

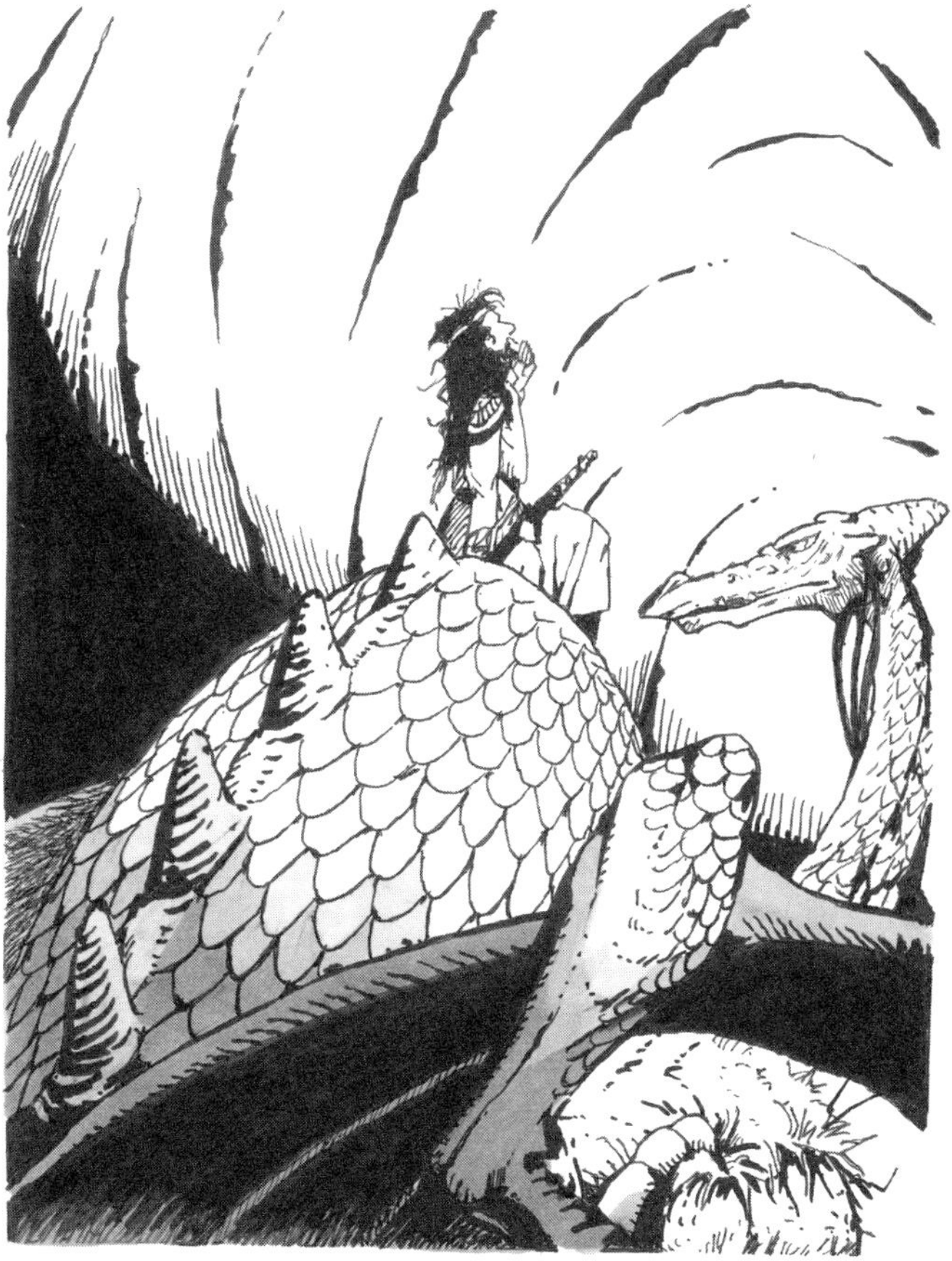

トロルはギャッと声をあげて倒《たお》れこんだ。

「洞窟《どうくつ》の真ん中あたりに丸い赤い石があるの。ちょっとした舞台《ぶたい》みたいになってる。トロルたちは、たいまつをたいてそのあたりを照《て》らすわ。トロルの祭壇《さいだん》よ。トロルは土竜《どりゅう》を祭るの。昔はいけにえをささげていたわ」

倒《たお》れたトロルを足蹴《あしげ》にしながら、そこへ行ったのではないかとウスズ様の竜《りゅう》がいう。


「いけにえ――」

ミアとリャドがつぶやいて、ぶるりと体をふるわせた。

「土竜《どりゅう》って、もぐらのことですか？」

谷底《たにぞこ》の村ではもぐらを土竜《どりゅう》と呼《よ》ぶこともあった、とミアはウスズ様の竜《りゅう》をみた。

「似《に》てるわ。巨大《きょだい》なもぐらみたいよ。トロルは私《わたし》たちとは平気で戦《たたか》うくせに、土竜《どりゅう》のことはあがめるのよ」

ウスズ様の竜《りゅう》は、ふんと鼻をならす。

「まあ、もぐらのお化けだ」

ウスズ様も、うんとうなずく。

「トロルは昔から、自分の最強《さいきょう》の敵《てき》をいけにえにしたがる。最強《さいきょう》の敵《てき》がつかまらないときは、数であがなう。まあ、どうしてもいけにえがほしいんだな」

ウスズ様は、自分が強いからいけにえにされかけたと、おかしなところで胸《むね》をはった。

「数って、お嬢様《じょうさま》がつかまらないから、私《わたし》たち五人がいけにえにされかけたんですね」

リャドがぶるりと体をふるわせる。

今は春市に来た子一人でもしょうがないと、あきらめたのだろうか。

「山をわたり歩いていても、何年かごとの祭りには祭壇《さいだん》のあるこの廃墟《はいきょ》へもどってきて、いけにえをささげようとするのよ」

ウスズ様の竜《りゅう》の言葉に、ミアはうなずいた。きっと三十年ごとにトロルはお祭りをしにここへ帰ってくるのだ。その祭りは春市のころなのだろう。あのお方だってトロルだ。ひきよせられるようにこのあたりに近よるのかもしれない。それで三十年ごとの春市で、あのお方とトロルたちはいっしょになってしまうのだ。

「鬼《おに》の中でも、トロルは祭りごとに手をぬかんぞ。あんな図体《ずうたい》で凶暴《きょうぼう》でも几帳面《きちょうめん》なもんだ。小《こ》鬼《おに》たちはいいかげんだ」

ウスズ様が、なあとウスズ様の竜《りゅう》をみる。

『鬼《おに》の中でも』というウスズ様の言葉に、ミアは、あっと口を開けた。ずっと何かが気にかかっていた。鬼食いの名前のことだ。トロルは鬼《おに》だ！　ミアは、やっとわかったと叫《さけ》びだしたい。トロルが鬼《おに》の一種《いっしゅ》ということをすっかり忘《わす》れていた。山羊《やぎ》のような角をもつ怪物《かいぶつ》だと思っていた。あれは鬼《おに》の角だ！

「最強《さいきょう》なんです！　天敵《てんてき》なんです！　だって名前が『鬼食い』です。だから、いけにえにねらうんです」

ミアは、うんうんと何度もうなずいた。

「魔女《まじょ》の名前は得意《とくい》な魔法《まほう》で決まるっていうわ」

リャドはそういいながらも、お嬢様《じょうさま》は、あれを食べるの？　と、トロルへ目をやる。

「そんな魔法《まほう》をつかえるということでしょうね」

ウスズ様の竜《りゅう》が、食べるといっても何かの例《たと》えだろう、と首をふる。

「王宮での役職《やくしょく》と同じ名前ということか。鬼食いとやらは、自分の名前の由来を知っておらんのか？」

ウスズ様が、鬼食いは、なぜここにいないとまゆをよせる。さっきも魔女《まじょ》がいてくれたら、こんなに苦戦《くせん》しなくてもすむといっていた。

「魔女《まじょ》の母親とは生まれてすぐ死《し》に別《わか》れています。名前の由来など知らないと思います」

鬼食いは、自分の力をきっと知らない。

「もしかしたら、自分は毒見《どくみ》の魔女《まじょ》だとばかり思いこんで、自分の本当の魔力《まりょく》に気がついていないのかもしれないわね。まだ若《わか》い魔女《まじょ》なのでしょう」

ウスズ様の竜《りゅう》もそうだろうとうなずいた。

「母親からゆずりうけた名前です。母親もトロルにとって天敵《てんてき》だったはずです」

だから六十年前、子を産《う》んだばかりで弱っている鬼食いの母親をいけにえにしようと、トロルたちはしつこく追い回したのだ。

「鬼食いをさがしてきます」

ミアと五爪《ごづめ》は飛《と》びあがっていた。

「谷の子！」

ウスズ様が、待て、と声をあげる。危《あぶ》ないことはするなといいたいのだ。

「ここは谷の子に頼《たの》むよりしょうがないわ」

ウスズ様の竜《りゅう》が「行け」と首をふった。鬼食いの顔を知っていて、竜《りゅう》に乗れるのはミアだけだ。

五爪《ごづめ》はものすごいいきおいで、洞窟《どうくつ》の天井《てんじょう》すれすれを飛《と》ぶ。下では竜騎士《りゅうきし》たちとトロルたちが戦《たたか》っている。竜《りゅう》のしっぽをつかんでふり回し、洞窟《どうくつ》の壁《かべ》に投げつけているトロルが何人もいる。ウスズ様がいうように、この戦《たたか》いは劣勢《れっせい》のようだ。

洞窟《どうくつ》から飛《と》びだすと日はまだあるが、昼はすぎている。夜になると、トロルは洞窟《どうくつ》から出ても戦《たたか》える。ミアはあせった。

五爪《ごづめ》に高く飛《と》んでもらう。洞窟《どうくつ》のある岩の斜面《しゃめん》をかけおりている人たちが、豆つぶのようだ。その大きさでもコキバやキリたちだとわかる。無事《ぶじ》に洞窟《どうくつ》から逃《に》げだせたらしい。岩の斜《しゃ》面《めん》のむこう側《がわ》にうっそうとした森がつづく。トロルがミアをつかんで木をなぎ倒《たお》して走った跡《あと》が、森を縦断《じゅうだん》していた。ウスズ様たちはこの跡《あと》をたどって洞窟《どうくつ》をみつけたのだ。そのむこうに天蓋の都がみえた。

「桑畑《くわばたけ》の上の山をさがすわ」

ミアは都のむこうを指さした。

五爪《ごづめ》は、お館を押《お》しつぶしそうにたまった土砂《どしゃ》の上を飛《と》ぶ。土砂《どしゃ》は洗《あら》い場《ば》をうめつくし、お館でとまった。なんとか下の滝壺《たきつぼ》まではおちていかなかったらしい。都の人たちはまだ避難《ひなん》したままのようだ。人影《ひとかげ》はない。ハタヤがこんなありさまの都をみたら、どんなに悲しむだろうとミアの胸《むね》は痛《いた》んだ。

そう思って、鬼食いだって悲しんでいるはずだと思う。自分のふるさとをたいせつにしていた。

山ではない。きっと近くにいる。このみるも無残《むざん》な土地を元にもどそうと、土のひとかたまり、石の一個《こ》でもはこびださずにはいられないはずだ。

焼《や》け野原《のはら》の繭の里がみえたとき、まだ黒い煙《けむり》がくすぶる中に人影《ひとかげ》があった。しゃがみこんで何かをかき回している。

焼《や》けて水びたしになり、泥《どろ》だらけになった桑《くわ》の葉をかき回している鬼食いだ。そのそばに、鬼食いを悲しそうな目でみているあのお方がいた。

「全滅《ぜんめつ》よ。カイコが一匹《ぴき》もいないわ」

鬼食いの目に涙《なみだ》があった。

「いっしょに来てください。竜騎士《りゅうきし》様たちがトロルと戦《たたか》っていますが、負けそうです。ウスズ様が、魔女殿《まじょどの》が一人でもいてくだされば、といっています」

ミアが五爪《ごづめ》の背《せ》から飛《と》びおりてかけよる。

「私《わたし》はもう王宮の魔女《まじょ》ではないわ」

鬼食いはあのお方をみた。心は決まっているのだ。鬼食いのあのお方をみる目はやさしい。

「お願《ねが》いです。『鬼食い』とはトロルを食うという意味の名前なんじゃないですか」

「まさか――」

鬼食いは、とんでもないと首をふる。

「魔女《まじょ》のお母さんからもらった名前なんですよね」

「鬼食いの名前は、死にぎわの魔女《まじょ》の母から養父《ようふ》がたくされた名前よ。養父《ようふ》は、王宮の毒見役《どくみやく》は鬼食いと呼《よ》ぶと知って、大きくなったら王宮へ行くようにと小さいころからすすめてくれた」

「トロルは強敵《きょうてき》をいけにえにとねらうそうです。六十年前にお母さんを追い回したのは、いけにえにしたかったたからだと思います」

鬼食いは、ミアのいうことを半信半疑《はんしんはんぎ》といった顔できいていた。

「母も甘《あま》みがわかったのかと思っていた。でももし、母がそんな魔力《まりょく》をもっていたとしても、私《わたし》にはないわ」

と、鬼食いは首をふる。

本人が気がついていないだけじゃないかと疑《うたが》いながらも、ミアにはその魔力《まりょく》をひきだしてやることなどできはしない。

「何かほかにできる魔法《まほう》はあるのでしょう。助けてください」

「そりゃ、魔女《まじょ》なら誰《だれ》でもできるような雷《かみなり》を出すとか雨をふらせるとか――」

ミアは、結界《けっかい》だってはれる、といいたい。

鬼食いはあのお方をみた。どうしよう、と問いかけたようだった。あのお方は、だめだとすぐ首をふる。鬼食いがまた自分のそばをはなれるのではないかと疑《うたが》うのだ。

「鬼食いは、もう、あなたのそばをはなれたりしません」

ミアは、あのお方にうなずいてみせた。

「あなたも鬼食いの家族なら、お館のハタヤさんも家族です。ハタヤさんはお客様を大事にしています。今、春市に来たお客様が鬼食いとまちがわれて、いけにえにされるところです」

ハタヤはまっさきにお客様を心配した。

「そんなことになったら、天蓋の都は再建《さいけん》などできないわ」

鬼食いは顔色を変《か》えた。下にみえる、みる影《かげ》もない天蓋の都へ目をやる。そして、その目をあのお方へとうつす。行きたい、といっていた。

あのお方は、しぶしぶとうなずいた。

「ありがとうございます。つれていかれたのは、昔のトロルの都の廃墟《はいきょ》です」

ミアがそういうと、あのお方は、鬼食いの前にしゃがみこんで鬼食いをおぶった。

三歳《さい》で天蓋の都にあらわれる前は、山の中でおぶってもらっていたのだろう。抱《だ》きよせられるのが嫌《いや》だったといった。おぶってもらうほうが好《す》きだったのかもしれない。小さいころを思いだした鬼食いの顔が、ミアには幼《おさな》くみえた。

鬼食いをおぶったあのお方は、繭の里から飛《と》びだしていく。ミアも五爪《ごづめ》に飛《と》び乗《の》ってあとを追った。

あのお方は力は強いし、動きもすばやい。自分より大きな鬼食いを軽々と背《せ》おい、崖《がけ》になった斜面《しゃめん》をかけおりていく。

岩場に出ると、大きな岩と岩の間にあるすき間に迷《まよ》うことなく入りこむ。あのお方もトロルの都を知っていたのだ。

第八章　本当の魔力《まりょく》

鬼食《おにく》いを背《せ》おったあのお方は、昔のトロルの都を走る。都といっても廃墟《はいきょ》となった洞窟《どうくつ》でしかない。ミアと五爪《ごづめ》がそのあとを追う。

巨大《きょだい》な洞窟《どうくつ》だといっていたが、繭《まゆ》の里《さと》のほうから入りこんだミアたちには、戦《たたか》いの気配も感じられない。戦場《せんじょう》は天蓋《てんがい》の都《みやこ》の下のほうにある入り口近くだ。

あのお方は、真っ暗な洞窟《どうくつ》の中を危《あぶ》なげなく走る。裸足《はだし》のあのお方のぺたぺたという足音だけが、高い天井《てんじょう》に吸《す》いこまれていく。恐《おそ》ろしい音がひびきわたる戦《たたか》いの中に、さっきまでいた。そう思うミアには、この静《しず》けさが気味が悪くてたまらない。

やみの中にぼんやりと灯《あか》りがみえた。たいまつの灯《あか》りだ。そして、うなり声もきこえてくる。ウスズ様たちがいっていた、トロルの祭壇《さいだん》だ。

あのお方が立ちどまって鬼食いを背《せ》からおろした。二人は足音を忍《しの》ばせて、明るい光のほうへ近よっていく。

ミアと五爪《ごづめ》は天井近《てんじょうちか》くまで飛《と》びあがった。

ウスズ様の竜《りゅう》がいったとおり、地面に赤く光る石があった。たいまつに照《て》らされて、赤い舞《ぶ》台《たい》のようだ。真ん中に春市《はるいち》に来た子が寝《ね》かせられている。怖《こわ》さのあまり気を失《うしな》ってしまったのだろうか。目をとじて、ぴくりともしない。

そのまわりを五十人ほどのトロルたちがとりかこんでいた。ひれふして低《ひく》くうなっている。そのうなり声には一定の強弱がある。ウスズ様が祭りごとといっていた。何かを祈《いの》っているらしい。

そのむこうに、竜《りゅう》と竜騎士《りゅうきし》が倒《たお》れこんでつみかさなっているのがみえた。一人、二人ではない。やはり竜騎士《りゅうきし》たちは負けたのだ。だから、トロルたちは祭りごとをする余裕《よゆう》がある。ウスズ様たちは無事《ぶじ》だとは思うが、ミアは心配だった。

つみあげられている中で、竜《りゅう》のしっぽが動いたようにみえた。まだ生きている。

五爪《ごづめ》もミアと同じ思いだったらしい。ミアが何もいわなくても、ひれふしているトロルたちの上高くを飛《と》んだ。五爪《ごづめ》は翼《つばさ》を動かさなかった。きっと蚊《か》が飛《と》んだほどの気配もない。ミアも息をとめて、五爪《ごづめ》の背中《せなか》にしがみついた。

五爪《ごづめ》は祭壇《さいだん》をこえ、竜騎士《りゅうきし》たちの山もこえ、祭壇《さいだん》の反対側《はんたいがわ》の地面におり立った。

ミアは、足音を忍《しの》ばせて、竜騎士《りゅうきし》たちのそばへ走った。血のにおいがする。でも、まだ生きている。息づかいを感じる。

一人の竜騎士《りゅうきし》が、竜《りゅう》の腹《はら》を背《せ》に血のにじむ腕《うで》をかかえてうなっていた。ミアは、血どめにあてていた布《ぬの》をとり、腕《うで》の傷《きず》にジャをぬってやった。血がそうとう流れたらしい。顔やくちびるは血の気がうせて、真っ白にみえる。桑畑《くわばたけ》の上の空き地でウスズ様に、谷の子になど頼《たよ》ってもしょうがない、とミアをあざ笑《わら》った竜騎士《りゅうきし》だ。ジャをぬったので血はとまるだろうが、このままではミアは何もしてやれない。命の危険《きけん》がある。

五爪《ごづめ》がその竜騎士《りゅうきし》の腰《こし》をくわえて背中《せなか》へ乗せようとしている。ここにいれば死を待つだけだ。ミアも手伝《てつだ》って、竜騎士《りゅうきし》の体を五爪《ごづめ》の背《せ》になんとか乗せた。五爪《ごづめ》は負傷《ふしょう》した竜騎士《りゅうきし》を、背《せ》にくの字に乗せて飛《と》びあがった。きっと天蓋の都側《がわ》の入り口にいるだろうウスズ様たちのもとへ、とどけるつもりだ。

ミアは五爪《ごづめ》という竜《りゅう》との出会いに感謝《かんしゃ》した。ミアが何もいわなくても、ミアの気持ちをさっしてくれる。いや、ミアとまったく同じように考えるのかもしれない。まるで分身のように思うときもある。

竜騎士《りゅうきし》になりたい！　武器《ぶき》をもたない竜騎士《りゅうきし》のあり方だってあると思うミアにとって、五爪《ごづめ》の存在《そんざい》は大きい。今回、五爪《ごづめ》と何かしらウスズ様たちの役に立てているとうぬぼれる。いや、足手まといだとしかられるのかもしれない。でも、五爪《ごづめ》となら、ミアのめざす竜騎士《りゅうきし》になれそうな気がするのだ。

ほかの竜騎士《りゅうきし》や竜《りゅう》の状態《じょうたい》は、傷《きず》というより打撲《だぼく》らしい。それでも、ジャを薄《うす》くでもぬってやると、気を失《うしな》って息もたえだえの様子だった竜《りゅう》が、薄目《うすめ》を開けてミアをみたりする。

クルミのからにつめたジャは、あっというまになくなった。

もうない！　とため息まじりに顔をあげたミアは、ひれふしているトロルたちの間を、鬼食いがこっそり歩いているのをみつけた。舞台《ぶたい》のような赤い石をめざしている。ほうきがあればトロルたちの上を飛《と》んでいくところなのだろうが、鬼食いはほうきをもってきていない。

トロルたちはひれふしたまま、顔をうつむけて熱心《ねっしん》に何かとなえるようになる。でも、いつか頭をあげるかもしれない。ひれふしていてもトロルたちの背中《せなか》は、鬼食いの頭までもある。そのそばを通る鬼食いに、ミアのほうがドキドキしてしまう。

首をのばしてみても、あのお方の姿《すがた》がみえない。どこにいるのだろう。でも、鬼食いのそば

をはなれるはずがない。

鬼食いはミアの視線《しせん》を感じたらしい。鬼食いとミアの目があった。鬼食いは、シーッというようにひとさし指を口の前に立ててみせた。

鬼食いにうなずいてみせてから、鬼食いは変《か》わったとミアは思う。あのお方を母親だと認《みと》めたのだろうか。ミアに心のうちをさらけだしたせいだろうか。あのお方のことを隠《かく》していた王宮の毒見役《どくみやく》のままだったら、繭の里の惨状《さんじょう》をみても涙《なみだ》などみせなかっただろう。今だって、谷の子のミアの視線《しせん》など無視《むし》していたと思う。肩《かた》ひじはっていたのがとれて、顔もどことなくやさしくみえる。


やはり、あのお方は鬼食いといっしょだった。ちがうトロルたちの間を来たらしい。あのお方が先に舞台《ぶたい》のような赤い石の祭壇《さいだん》に飛《と》び乗《の》った。鬼食いも両手をかけて上がっていく。石の上に寝《ね》かされている、春市に来た子が気がついたようだ。頭が動いている。春市に来た子の目が、近よっていくあのお方をみた。体がこわばったのがミアからでもわかる。

鬼食いが、春市に来た子にかけよる。口をおさえようとしたらしい。でも、遅《おそ》かった。近づいたあのお方におどろいて、春市に来た子が悲鳴をあげた。

「キャー！」

その声は、トロルたちのうなり声の中でかん高くひびいた。

「もう！」

と叫《さけ》んでしまいそうになって、ミアはあわてて口をとじた。これでは、こっそり忍《しの》び足《あし》でやってきた鬼食いがむくわれない。

トロルたちのうなり声がとぎれた。そして、いっせいに顔をあげる。赤い石の上にいる、あのお方と鬼食いをみつけた。

トロルたちが、さっきとはちがう荒々《あらあら》しい調子でうなる。いきおいよくたちあがったトロルたちは、もつれあうように赤い石にかけよっていく。

「助けて！」

春市に来た子がたちあがることもできず、両手とおしりをついたまま、ぐるぐると体をめぐらせる。どこへ逃《に》げようかとうろたえている。赤い石のまわりはトロルだらけだ。逃《に》げるところなどない。

春市に来た子にかけよった鬼食いが、高く右手をあげた。赤い石に飛《と》び乗《の》ろうとしたトロルがはね飛《と》ばされている。結界《けっかい》をはったようだ。

「あ、あなたが、お嬢様《じょうさま》って人！」

春市に来た子が鬼食いにどなる。

「あなたのせいでこんなことになったのよ。私《わたし》は関係《かんけい》ないのに。なんとかして。なんとかしなさいよ」

どなるだけどなった春市に来た子は、今度はめそめそと泣《な》きだしてしまった。

鬼食いがため息をついている。ミアはため息をつく気持ちがわかる。結界《けっかい》をはったものの、これでは逃《に》げようがない。

トロルたちは、こいつだ！　こいつだ！　と鬼食いをみて、うなずいている。魔法《まほう》をつかったのがわかったのだろう。

鬼食いは、平然《へいぜん》とそんなトロルたちの視線《しせん》をはねかえしている。

ミアは、これからどうしたらいいのだろうと思いあぐねた。結界《けっかい》をはったのでトロルたちは鬼食いたちに手は出せない。でも、鬼食いたちもここから逃《に》げだせないのだ。きっとウスズ様たちは洞窟《どうくつ》の外にいる。五爪《ごづめ》が何か情報《じょうほう》をもってきてくれるはずだ。

地ひびきがきこえた。何かがやってくる。トロルたちはみんなここに集まっているようだ。トロルではない。でも、大きな何かが近づいてくる。

ミアは、はっとした。土竜《どりゅう》だ。ウスズ様の竜《りゅう》がいっていた。いけにえは土竜《どりゅう》にささげるのだ。

えっ、ここ？　ミアは自分のそばの洞窟《どうくつ》の壁《かべ》をみた。みしみしと音がして岩壁《がんぺき》にひびが入りだした。ミアはとっさに飛《と》びすさった。ミアのいたところに大きな岩が転がり、間一髪《かんいっぱつ》でよけられた。ミアは冷《ひ》や汗《あせ》をぬぐった。

ミアは、谷底《たにぞこ》の村にいたころからぐずでのろまといわれていたが、今は少しは機敏《きびん》になったと自分でも思う。ミアの王宮生活は、命にかかわることが多いからだ。竜騎士《りゅうきし》になりたいミアは、のろまのままではいけないと思っていた。

ミアの近くの壁《かべ》をつき破《やぶ》って、黒いかたまりがのそのそと顔を出す。ウスズ様の竜《りゅう》ほどもある。ひらべったい手にある爪《つめ》はするどそうだ。鼻が、桃色《ももいろ》の花びらにみえるように広がっている。その鼻がふごふごと、ミアのいたところや、倒《たお》れこんだ竜《りゅう》たちをかぎ回る。

もぐらのお化けだとウスズ様はいった。もぐらの体は毛でおおわれているはずだ。でも、これはやはり竜《りゅう》だ。体は、黒くかたそうな大きなうろこでおおわれている。そのうろこから土のかたまりがぼろぼろおちる。しけった黒土のにおいがする。

トロルたちが手をたたきだした。こっちだ、こっちだというようだ。土竜《どりゅう》は音のしたほうへ

進みだす。トロルたちは怖《こわ》そうに土竜《どりゅう》と距離《きょり》をとりながら祭壇《さいだん》へ土竜《どりゅう》を誘導《ゆうどう》していく。

土竜《どりゅう》は鼻と耳はきくが、目はよくみえないらしい。土竜《どりゅう》は鬼食いたちのほうへむかう。トロルは土竜《どりゅう》を怖《こわ》がっているとわかる。恐怖《きょうふ》のあまり、いけにえをささげ、なだめようとしているらしかった。

土竜《どりゅう》は赤い石のまわりをかぎ回っていたが、今までののろのろした動きがうそのように鬼食いにむかって大きく飛《と》びあがった。

ミアは思わぬ動きに目をみはった。結界《けっかい》が破《やぶ》られると思った。

土竜《どりゅう》は、鬼食いのはった結界《けっかい》に飛《と》びかかって、でも、みえない結界《けっかい》にはね飛《と》ばされてトロルの一人の上へ転がる。

ミアが、よかったとほっと息をつく間もなく、土竜《どりゅう》はまた飛《と》びかかる。今度はするどい爪《つめ》をみえない結界《けっかい》にふるった。

赤い石のまわりの空気がゆらいだのがわかった。このままでは結界《けっかい》が破《やぶ》られるのかもしれない。そう思わせるゆらぎ方だ。

まわりのトロルたちが、やれ！　やれ！　というようにうなりながら、こん棒《ぼう》をふりあげる。結界《けっかい》の中にいる春市に来た子は、倒《たお》れそうな顔でふるえるばかりだ。

気が強いはずの鬼食いも、くちびるをかんでいる。この状態《じょうたい》から逃《に》げだせる魔法《まほう》を思いつかないらしい。

五爪《ごづめ》が地をはうように低《ひく》く飛《と》んで帰ってきた。

「竜騎士《りゅうきし》たちは戦《たたか》える状態《じょうたい》ではない。あと少しすれば日もおちる。明るいうちに竜騎士《りゅうきし》たちを王宮へ逃《に》がすそうだ。さっきの竜騎士《りゅうきし》もいっしょにだ」

五爪《ごづめ》は、けがをした竜騎士《りゅうきし》の命は助かりそうだとうなずいて、

「王宮に残《のこ》っていた竜騎士《りゅうきし》たちが交代でやってくる。なんとかして、ここの竜騎士《りゅうきし》と竜《りゅう》を救《すく》いだすんだ。魔女《まじょ》様たちはまだ動けんらしい」

と、そこまでいって、なんの騒《さわ》ぎだと首をのばした。五爪《ごづめ》は結界《けっかい》に飛《と》びかかっている土竜《どりゅう》に目をむいた。

「土竜《どりゅう》よ。鬼食いの結界《けっかい》が破《やぶ》られるかもしれない」

ミアはそういって、青い顔の鬼食いをみた。

土竜《どりゅう》は、祭られている生き物だ。どんな不思議《ふしぎ》な力をもっているかわからない。

土竜《どりゅう》は何度も結界《けっかい》に飛《と》びかかる。体があたる衝撃《しょうげき》より、するどい爪《つめ》で引きさくようにするの

が結界《けっかい》のほころびになるようだ。

鬼食いが、悔《くや》しげに土竜《どりゅう》の爪《つめ》をにらむ。

「あれがか！　おれは土竜《どりゅう》をみるのは初《はじ》めてだ。が、おれの田舎《いなか》にいた動物に似《に》ている。きっと同じような生き物だ。あいつの弱点は腹《はら》だ」

五爪《ごづめ》がいい終わるのを待たずに、ミアは五爪《ごづめ》に飛《と》び乗《の》っていた。そして、飛《と》びあがりざまに、そうだ、と竜騎士《りゅうきし》の残《のこ》していった血まみれの布《ぬの》をつかんだ。マントだった。

五爪《ごづめ》はトロルたちの頭上を高く飛《と》び、土竜《どりゅう》めざして急降下《きゅうこうか》する。土竜《どりゅう》の爪《つめ》が結界《けっかい》に穴《あな》を開けたようだ。土竜《どりゅう》が後ろ足で立って、そこを両手でこじ開けようとしている。

ミアは土竜《どりゅう》の鼻先に血まみれのマントをふわりとかけてやった。土竜《どりゅう》は血のにおいに、獲物《えもの》がみつかったというように、結界《けっかい》から両手をはなした。獲物《えもの》はどこだ、と手をふり回す。後ろ足で立っているので、おなかは無防備《むぼうび》だ。五爪《ごづめ》は、やわらかそうな土竜《どりゅう》の腹《はら》に体当たりしていた。

土竜《どりゅう》はギャーと悲鳴をあげて、巨大《きょだい》なダンゴムシのように丸まってしまった。ごろんと地面に転がった音がひびいた。

せっかくのお祭りをじゃまされて、トロルは怒《おこ》った。一人のトロルが、上空へ逃《に》げかけた五《ご》

爪《づめ》のしっぽを、飛《と》びあがってつかんだ。

まわりのトロルたちは、そろって片足《かたあし》をドン、ドンとふみならしては、うなりながら片腕《かたうで》をふりあげる。

「ゆるすな！」

「やってしまえ！」

といっているようだ。

さっきみたように、ぐるぐるふり回されて壁《かべ》へほうり投げられるのだ。ミアは五爪《ごづめ》の背中《せなか》に身をふせてしがみついた。

そこへ、何かかたまりが飛《と》んできたと思った。トロルの手にしがみついたのは、あのお方だ。あのお方は結界のほころびから飛びだして来てくれた。あのお方が、五爪《ごづめ》のしっぽをにぎっているトロルの中指を両手でつかんだ。あのお方は小さくても力は強い。

「アチッ！」

という悲鳴をあげて、トロルは五爪《ごづめ》のしっぽとあのお方をいきおいよくふりはらった。五爪《ごづめ》は上空へ飛《と》ばされ、天井《てんじょう》の壁《かべ》になんとか足をついた。そして体勢《たいせい》をたてなおした。

「いるか？」

五爪《ごづめ》は、背《せ》のミアをたしかめた。うん、とうなずいて、ミアは五爪《ごづめ》の背《せ》にふせていた上半身を起こした。高いところにいる五爪《ごづめ》にトロルたちは手を出せない。

あのお方は地面にたたきつけられて、それでも、ばねのように起き上がったところだ。

トロルたちは三つにわかれた。あのお方が飛《と》びだしてきた結界《けっかい》のほころびを広げようとする者。五爪《ごづめ》をつかまえようと跳《と》びはねる者。地面から起き上がって逃《に》げようとするあのお方を、追いかけ回す者。追いかけるというより、ふみつぶそうとしている。

「助けて、助けて！」

春市に来た子が泣《な》きながら叫《さけ》ぶ。

鬼食いが、結界《けっかい》のほころびらしいところから手を入れるトロルに、雷《かみなり》を出して投げつけた。

「ヒィ！」

手をあわててひっこめたトロルが、熱《あつ》いぞ、というように手をふり回す。

一人のトロルがあのお方をけった。あのお方は宙《ちゅう》にはね上げられる。それを、一人のトロルが片手《かたて》でつかむ。指先で首のあたりをつまんで、大きく口を開けた。のみこもうとしている。けものとまちがったのかもしれない。

五爪《ごづめ》が急降下《きゅうこうか》して、そのトロルの頭を足蹴《あしげ》にする。トロルはよろめいたものの、五爪《ごづめ》の首をミアごと、もう一方の手でつかんでしまった。まわりのトロルたちが折《お》りかさなるように五爪《ごづめ》に手をのばす。あのお方と五爪《ごづめ》をつかんだトロルは、獲物《えもの》をとられまいと五爪《ごづめ》にかがみこむ。ミアは必死《ひっし》に五爪《ごづめ》の背中《せなか》にしがみついた。

トロルの生ぐさい息をあびながら、五爪《ごづめ》といっしょに押《お》しつぶされそうで、ミアは気を失《うしな》いかけた。

ミアと五爪《ごづめ》もつかんだトロルは、よろめいたものの、あのお方をはなしてはいない。つぶしてやろうというように、手に力を入れているのがわかった。あのお方は苦しげにうめく。

結界《けっかい》の中の鬼食いの口が動いた。

「――――はなせ！」

なんとか、はなせといっている。最初《さいしょ》のところがきこえない。いや、鬼食いは、いっていないのかもしれなかった。『はなせ』といった声だけがきこえた。

「――――をはなせ！」

やはり、最初《さいしょ》のところがきこえない。鬼食いは口に出したくないのだろうか。口にできないようにもみえる。鬼食いの目がつりあがっている。黒いまっすぐな髪《かみ》が熱《ねつ》をはらんで、ちりち

りと逆立《さかだ》っていく。

鬼食いが、両手のこぶしをにぎりしめた。若々《わかわか》しいつるりとした肌《はだ》に、めきめきと音をたてるように血管《けっかん》が浮《う》く。鬼食いは怒《おこ》っていた。

何度か、空気を吸《す》いこむように口を開けてはとじる動きをくりかえす。いおうとするのだけれど、どうしてもいえないというふうにみえる。大きく息を吸《す》った鬼食いは、

「母さんを、はなせ！」

といった。やっといった。

ミアは思わず、あのお方をみた。きこえただろうか。鬼食いが、あなたを『母さん』と呼《よ》んだとわかっただろうか。『母さん』と呼《よ》んでやればいいのに、と洗《あら》い場《ば》で会ったときからずっと思っていた。いっしょに行くとあのお方と天蓋の都を出ていったものの、鬼食いはあのお方を本心では母親だと認《みと》めたくないのだと、ミアは疑《うたが》っていた。

トロルにしめ上げられて苦しそうだったあのお方の顔が、とろけだしそうにほほえんだ。

「母さんを、はなせ！」

鬼食いの声とは思えなかった。低《ひく》く厚《あつ》みをました声。風が強くなっているようだ。嵐《あらし》が来たようだ。突風《とっぷう》のような鬼食いの声が洞窟《どうくつ》の壁《かべ》も巻《ま》きこんで、赤い石の上へとむかう。そのいき

おいで、ドドッと音をたてて天井《てんじょう》に穴《あな》が開いた。穴《あな》から日の光が雪崩《なだれ》のようにさしこんでくる。そして、日の光といっしょに何か黒い小さなものが、雨粒《あまつぶ》のようにおちてきた。

トロルたちは逃《に》げる間もなかった。

ミアは、まさか、とあんぐり口を開けてしまった。五爪《ごづめ》とあのお方をつかんでいたトロルは、日の光をあびたとたん、一瞬《いっしゅん》で石になった。まわりにいたトロルたちも、もうただの石の柱だ。五爪《ごづめ》とミアをつかんでいたトロルの指も石に変《か》わった。穴《あな》からはなれていたトロルたちが、日の光をよけて悲鳴をあげながら暗い洞窟《どうくつ》の奥《おく》へ逃《に》げだしていく。

あのお方も五爪《ごづめ》もミアも、石になったトロルの指にはさまれて動くことができない。鬼食いがミアたちのほうへ走ってきて、うっと気味悪そうに足をとめた。石になったトロルの体をみつめる。日の光といっしょにおちてきた親指ほどの黒い虫が、集団《しゅうだん》で石になったトロルの体をはいあがっている。残《のこ》りの虫たちは、逃《に》げていったトロルたちを黒い水流のようになって追いかけていく。

その虫は、甲羅《こうら》をもつダンゴムシのようにみえる。カリカリとかみくだく音がする。虫は恐《おそ》ろしいいきおいで、石の柱となったトロルを食べている。石になっても、トロルはおいしい！

といっているようだ。虫は乾《かわ》いた石を食べながら、赤黒いやわらかそうな子を産《う》む。生ぐさいにおいがする。赤黒い子虫でも、石を食んでは《は》、あっというまに甲羅《こうら》をもつ成虫《せいちゅう》になる。虫の集団《しゅうだん》は黒い泡《あわ》がふくれるようにふえていく。

「嫌《いや》だ――」

気味が悪いと鬼食いのまゆがよった。

トロルの石はほろほろと崩《くず》れる。

五爪《ごづめ》とあのお方をつかんでいたトロルの手も崩《くず》れる。地面におっこちていきながら、あのお方の体に虫がはりついているのにミアは気がついた。日の光は平気でも、虫には食べられてしまうのかもしれない。

「鬼食い、あのお方に虫――」

ミアの声に鬼食いが地面におちたあのお方へかけよる。さっきまで近よるのも嫌《いや》そうにしていたのに、鬼食いの手が、あのお方の体から虫をはらう。虫はしつこい。はらわれて地面におちても、すぐあのお方の足にはいあがろうとする。

鬼食いとミアの二人が足でふみつぶそうとするが甲羅《こうら》が硬《かた》い。

「おれに乗れ」

五爪《ごづめ》が背《せ》に乗せろと長い首をふった。

五爪《ごづめ》の背《せ》に乗ってしまえば、地面をはう虫はあのお方にはとどかない。虫はミアたちにも五《ご》爪《づめ》にもとりつこうとはしない。虫は、トロルだけをねらうようだ。

「なんでそんなに、にこにこしてるの？」

鬼食いがこんなときにといった顔でミアをみる。

ミアは自分がほほえんでいたことに気がつかなかった。えっ？とほほを両手でおさえた。

「うれしくて。うれしくてだと思います」

「何が？」

鬼食いは、けげんげに首をかしげる。

「あなたが、あのお方をお母さんて呼《よ》んでくれて、あのお方から虫をはらってくれたから」

「よけいなお世話よ。あなたにいわれたくないわ」

鬼食いは、ふんと横をむいてしまう。

てれているのだろう。素直《すなお》じゃないったら！　ミアは、ちょっと肩《かた》をすくめた。そして、ちがうことを話そうと、

「これ、トロルを食べてます。鬼《おに》を食う『鬼食い』です！　トロルの天敵《てんてき》です！」

と、大きくうなずいてみせた。

きっと、生きているトロルも食べるのだ。逃《に》げるトロルを追いかけていった。

「土竜《どりゅう》はこの虫の王様みたいです。だから土竜《どりゅう》を祭り、自分たちのかわりにいけにえをささげて、自分たちを食べないでくれって祈《いの》るんでしょうか」

ミアは、この虫のせいでトロルの都が滅《ほろ》びたのだと思った。

「におうわ！」

鬼食いが鼻に手をあてた。

虫の子が生まれるたびに、生ぐさいなんとも嫌《いや》なにおいがする。

「でも、きっとこれがあなたが魔女《まじょ》のお母さんからゆずりうけた魔力《まりょく》です。日の光だけじゃなく、トロルを食べる虫まで呼《よ》ぶ。だから鬼食いなんじゃないですか」

ミアは、きっとそうだとうなずいていた。

「まさか。そんなわけない」

鬼食いは信《しん》じたくないと鼻で笑《わら》い飛《と》ばそうとする。自分でも、どうしてあんなことができたのかわからないらしい。

「お母さんを助けようと、秘《ひ》めた魔力《まりょく》が今、あらわれたんです。ほれぼれしました」

ミアは、にっとほほえんでみせた。命を助けてもらったのだ。感謝《かんしゃ》もしている。それを表したかっただけだ。でも、

「何がほれぼれよ！　嫌《いや》みだわ！　気味の悪い虫を呼《よ》ぶ魔力《まりょく》だって笑《わら》ってるんでしょ。勝手に出てきた魔力《まりょく》よ。しょうがないでしょ。意地悪よ。洗《あら》い場《ば》でもそう思った。谷の子って意地が悪い！」

鬼食いは、目をつりあげてミアをにらむ。五爪が地面にもどってきた。そんな鬼食いの肩《かた》を、そう怒《おこ》るんじゃない、とあのお方がやさしくたたいてなだめている。

鬼食いとは相性《あいしょう》が悪いのだろうか。何をいっても、ミアの気持ちはまっすぐに伝《つた》わりそうもない。でも、ミア自身、意地悪だったと思う。いつでも鬼食いをみている母親がそばにいるのが、うらやましいのだ。そんな母親を邪険《じゃけん》にあつかう鬼食いに、嫌《いや》みの一つもいってやりたいのだ。

ウスズ様と、ウスズ様の竜《りゅう》が援軍《えんぐん》にとやってきた。

「あら、トロルはどうしたの？」

ウスズ様たちが、何もない洞窟《どうくつ》をみまわす。石を食べる虫たちは、あっというまにトロルた

ちを食いつくして、洞窟《どうくつ》の中に消えていた。土竜《どりゅう》もいつのまにかいなくなっていた。

「鬼食いにはやっぱり、名前どおりトロルを食べる魔力《まりょく》がありました」

ミアはウスズ様にそう報告《ほうこく》した。

「こやつのせいだ。わしはまだ、娘《むすめ》の顔をみていないのだぞ！」

娘《むすめ》をさらったのはこの魔女《まじょ》だったと、ウスズ様が鬼食いを指さしてどなる。鬼食いは小さくなってうなだれた。鬼食いが何かいう前に、あのお方がかばうように前に出てうなりながら頭を下げる。自分が悪い、といいたいらしい。

「これは——」

ウスズ様が、これはなんだときこうとして、言葉をのみこんだ。『この人は』ときくべきだったと思ったのだろう。

「母です」

鬼食いがあのお方をみる。あのお方は、どこか恥《は》ずかしそうに、でもうれしげにうなずいてみせた。

「尋問《じんもん》は、王宮で銀《ぎん》の羽殿《はねどの》にしてもらう」

ウスズ様は、あのお方をみて、こみ入った事情《じじょう》があるらしいと見当をつけた。

援軍《えんぐん》でやってきた竜騎士《りゅうきし》たちが、繭の里と天蓋の都の復興《ふっこう》に手をかすことになった。
まだ魔女《まじょ》たちは寝《ね》こんでいるが、魔女《まじょ》たちが元気になれば魔法《まほう》で復興《ふっこう》は進むはずだ。

第九章　それぞれの明日

王宮のウスズ様の屋敷《やしき》は、二人の赤《あか》ん坊《ぼう》の泣《な》き声《ごえ》で、それはにぎやかだ。マカド様とオゴまでいる。

「おお、あのお方ではないか！」

マカド様があのお方をみて目をむいた。そして、どういうことだとミアたちをみる。

「鬼食《おにく》いと母御《ははご》に事情《じじょう》をきくところだ」

ウスズ様が『母御《ははご》』と呼《よ》ぶと、あのお方はうれしそうにうなる。

マカド様は、ますます目を大きくしたものの、

「王宮にようこそ」

といってくれた。

鬼食いたちは、王宮の牢屋《ろうや》に入らなくてすむらしい。銀《ぎん》の羽《はね》の尋問《じんもん》があるまで待つようにいわれ、月の棟《とう》の鬼食いの部屋へと帰っていった。

鬼食いたちと入れかわるように、コキバが帰ってきた。頭から湯気を出しそうなほど怒《おこ》っている。そういえば、コキバはずっと不機嫌《ふきげん》だった。

「まったく！　五爪《ごづめ》ときたら、ぜんぜん反省《はんせい》してないんだ。ミアを乗せちゃいけないだろっていってんのに、どうしてだ？　おれはミアの竜《りゅう》だ、の一点ばりだ」

と、ふくれっつらをしている。五爪《ごづめ》とけんかをしてきたらしい。

「危《あぶ》ないことはするなっていってるのに！」

と、今度はミアをにらむ。

「ごめん」

ミアは、コキバにあやまろうと決めていた。

「でも、私《わたし》、自分だけ逃《に》げたりしたくない。私《わたし》が助けられる人がいるなら助けたい。私《わたし》、竜騎《りゅうき》士《し》に、武器《ぶき》をもたない竜騎士《りゅうきし》になる」

ミアは自分の望《のぞ》みを初《はじ》めて言葉にした。

コキバはおどろかなかった。やはりそうなのか、というようにグッとくちびるをかんだ。

「とんでもない望《のぞ》みだってわかってる。女だし。部屋子だし。谷の子だし。でも、五爪《ごづめ》となら竜騎士《りゅうきし》になれると思う。竜騎士《りゅうきし》になりたい」

ミアは、コキバをみた。

コキバは怖《こわ》い顔のまま、何もいわずにまたウスズ様の屋敷《やしき》を飛《と》びだしていった。

コキバに自分の思いをわかってもらえなかった、とミアはうなだれていた。

「ミア」

星《ほし》の音《ね》が呼《よ》ぶ声がする。

ミアは、星の音の部屋で二人の赤《あか》ん坊《ぼう》の寝顔《ねがお》をのぞきこんだ。

「どんな魔女《まじょ》になるんでしょう」

ミアは黒髪《くろかみ》の女の子のほほをやさしくなでた。

「かわいそうにねぇ」

星の音がつぶやく。

ミアはおどろいて星の音をみた。生まれてきた自分の子に、なんでそんなことをいうのかわからなかった。

「かわいそうなんですか？」

「魔女《まじょ》になるのよ。もしかしたら決められた魔力《まりょく》をもって生まれてきたのかもしれない。私《わたし》や鬼食いのように」

鬼食いのこともかわいそうだ、といっている。

「鬼食いの母御《ははご》ゆずりの魔力《まりょく》は、あのお方を救《すく》おうとして、ほかの魔女《まじょ》にくらべてずいぶん早くあらわれた。そのうえ自分でも身をすくめたくなるような魔力《まりょく》だったのでしょう。トロルはきっと、鬼食いの魔力《まりょく》があらわれる前に、いけにえにしようとねらったんだわ」

星の音は、鬼食いは自分の魔力《まりょく》をうらんだはずだという。

「星の音様も、魔女《まじょ》として生まれてきたことをうらんでいるんですか？」

星の音はいつも堂々《どうどう》と自分の進む道をみすえていると、ミアは思っていた。うらむという、負の感情《かんじょう》などもたないと思っていた。

「もちろん、今は幸せよ。でも、若《わか》いころは魔女《まじょ》として生まれたことも、決められた魔力《まりょく》をもっていることもうらめしかった。みんな投《な》げ捨《す》てたいと思うこともあった」

「それは、ぜいたくななやみです」

何ごとにも自信《じしん》のないミアとしては、与《あた》えられたものがあるというだけで豊《ゆた》かな気持ちになれると思えて、うらやましい。

「そうね。魔女《まじょ》ですもの、魔力《まりょく》があったほうが幸せなのよね。でももし、この子が何ももっていないとしても大丈夫《だいじょうぶ》だと思っててよ。自分の力で何かをつかもうとするお手本がそばにいる」

星の音がミアの肩《かた》に手をおく。その華奢《きゃしゃ》な手が、ミアにはずしりと重く感じられた。

「望《のぞ》みをみつけたのね。ウスズの屋敷《やしき》の者はみんなミアを応援《おうえん》してよ」

みんなだろうか、とミアは思う。コキバはきっと反対する。でも、決めた！　ミアは、星の音にうなずいてみせた。


ウスズ様が竜騎《りゅうき》士《し》たちの強化《きょうか》訓練《くんれん》を始めたという。

「コキバが来た。竜騎《りゅうき》士《し》になると斧《おの》をふっている」

とミアをみる。

コキバだって武器《ぶき》を嫌《きら》う。斧《おの》をにぎりたいはずがない。やめるようにいおう、とかけだすミアに、

「コキバが選《えら》んだ。谷の子を守るためだそうだ。トロル相手に何もできなかったのが悔《くや》しいら

しい」

ウスズ様が、コキバの気持ちをむだにするなと首をふった。

帰ってきたコキバは腰《こし》に斧《おの》をさしている。その姿《すがた》にミアは泣《な》いてしまった。うれしいのか悲しいのか、わからないのに涙《なみだ》が出る。コキバは、

「なんで泣《な》く？」

とミアをみた。

ミアは言葉が出ない。

「ミアを守るといったろう。ミアが竜騎士《りゅうきし》になるなら、おれも竜騎士《りゅうきし》になって、ミアを守る」

コキバは、当たり前だとうなずいた。

魔女《まじょ》たちはミアたちが帰ってから二、三日で回復《かいふく》した。何人かが繭《まゆ》の里《さと》や天蓋《てんがい》の都《みやこ》の復興《ふっこう》の手伝《てつだ》いへでかけている。

鬼食いは王宮から追放されることになった。あのお方には、

「呪《のろ》うことの怖《こわ》さを知らずに呪《のろ》ったのだろうが、罪《つみ》は重い。これからは母のない子を助けることで罪《つみ》を償《つぐな》うように」

と、銀の羽がいいわたした。魔女《まじょ》ではないあのお方が呪《のろ》って、人死にまで出たことが銀の羽には信《しん》じられなかったらしい。

「こんな年まで生きておるが、こんなことは初《はじ》めてじゃ」

そんな魔力《まりょく》をあのお方にゆずった、鬼食いの魔女《まじょ》の母の力に単純《たんじゅん》におどろいている。

あのお方をみただけで、子どもたちはおびえる。トロルの洞窟《どうくつ》でも、春市《はるいち》に来た子は、あのお方をみて悲鳴をあげた。どうやって助けることができるのだろう、とミアは心配になった。

ミアがそう思ったのをわかったように、

「私《わたし》がついてる」

と、あのお方のそばをはなれるつもりはないと鬼食いがうなずいた。

ミアは鬼食いに、あのお方といっしょに暮《く》らすことに後悔《こうかい》はないのかときいた。鬼食いは、

「母だと認《みと》めて楽になったの」

とだけこたえた。

ミアは心底《しんそこ》ほっとしていた。

それでもミアは、あとで鬼食いとのやりとりを銀の羽にくわしく話すつもりでいた。きっとまた『よく考えてから動け』と、いや今回は『よく考えてからものをいえ』としかられる。し

から《かくご》れる覚悟でいる。

王宮を出ていくまでの間、鬼食いとあのお方は月の棟《とう》の鬼食いの部屋にいた。あのお方は、王宮が案外気《あんがい》にいったようだとミアは思っていた。

夜中に赤《あか》ん坊《ぼう》たちの部屋で、あのお方の子守歌《こもりうた》がきこえてくる。もう呪《のろ》いの歌ではないせいか、赤《あか》ん坊《ぼう》たちはよく眠《ねむ》る。ウスズ様の屋敷《やしき》じゅうがそのことに気がついているが、誰《だれ》も何もいわない。

あのお方は山の中でなくても暮《く》らしていけそうだ。

その日、ミアたちは緊張《きんちょう》していた。ウスズ様まで、腰《こし》の斧《おの》の位置《いち》を何度も星の音にみてもらってはさしなおしていた。

奥《おく》むきに呼《よ》びだされた。王様から直接《ちょくせつ》お言葉をいただくのだ。

竜騎士《りゅうきし》たちとミアやコキバが入っていくと、玉座《ぎょくざ》のあるホールに、魔女《まじょ》たちと正装《せいそう》の白絹《しらぎぬ》のチュニックのマカド様やオゴも待っていた。

あのチュニックは、ハタヤのいう山繭《やままゆ》で織《お》られたものなのだろう。繭の里や天蓋の都が元どおりに復興《ふっこう》するには、何年もかかるときいている。黄金にかがやく天蓋の都を、ミアはまたみ

てみたかった。

ミアは王宮に来て、初《はじ》めて間近で王様をみた。やはり斧《おの》の民《たみ》だ。がっしりした体形で、立派なあごひげをはやしている。すぐ斧《おの》をふって戦《たたか》いに飛《と》びだしていけそうだ。

緊張《きんちょう》しているミアは、王様が何をいっているのかよくわからない。アマダ様やウスズ様をほめているというのが、ぼんやりわかる程度《ていど》だ。みな、褒美《ほうび》をもらうらしい。褒美《ほうび》の品は宝物殿《ほうもつでん》からはこびだされたものだ。

「谷の子、王様が褒美《ほうび》をとらすといってくださっておる」

ぼーっとしていたミアに、ウスズ様がささやく。ミアは大きく息を吸《す》った。ご褒美《ほうび》がもらえるとわかったときから決めていた。

「竜騎士《りゅうきし》になりたいです」

思いのほか、しっかりした声が出た。

ホール全体がどよめいた。

ミアは、王様をみつめた。王様は、困《こま》ったぞといった顔だ。うーんとうなっている。

ウスズ様、マカド様、銀の羽、アマダ様まで、何か進言しようと一歩前に出ようとする。ミアを竜騎士《りゅうきし》にしてやってくれ、と頼《たの》もうとしたのだ。それだけでミアはうれしかった。

「王様、私《わたし》からもお願《ねが》いいたします。この谷の子を竜騎士《りゅうきし》にしてやってください」

ウスズ様たちより早く、洞窟《どうくつ》で死にかけ、ミアに助けられた竜騎士《りゅうきし》が頭を下げていた。

結局その場では答えはもらえなかった。王様からの返事はまだない。でも五爪《ごづめ》は、

「ミア、竜騎士《りゅうきし》になれば谷底《たにぞこ》の村へも帰れる。伯母上《おばうえ》にも会える。おれも会ってみたい」

と、今から楽しみにしている。

銀の羽とマカド様は、赤《あか》ん坊《ぼう》たちの顔をみたくてしょっちゅうウスズ様の屋敷《やしき》に来る。鬼食いとあのお方は王宮を出た。

「鬼食いは腹《はら》を決めおった。トロルの母をもちながら、トロル退治《たいじ》の魔女《まじょ》として売りだすそうじゃ」

銀の羽はあきれてみせて、でも、それもよかろうとうなずいている。

「めずらしいお客様でございます。こちらのほうが谷の子もおりますし」

と、オゴがハタヤをつれてきた。ハタヤは天蓋の都の再建《さいけん》のために王宮に頼《たの》みごとがあるのだという。

「まったく。ウスズの屋敷《やしき》はおかしな者ばかりひきよせおって！」

とろけそうな顔でマカド様をみるハタヤに、銀の羽がふんと鼻をならした。銀の羽は、あのお方が王宮を出ても、夜中に鬼食いのほうきに乗せられて、赤《あか》ん坊《ぼう》たちに子守歌《こもりうた》を歌いに来ていることを知っていた。ミアは、そのおかしな者を集めるウスズ様の屋敷《やしき》を、銀の羽だって好《す》きなはずだとほほえんだ。

（つづく）

著者＊柏葉幸子

1953年、岩手県生まれ。東北薬科大学卒業。『霧のむこうのふしぎな町』（講談社）で第15回講談社児童文学新人賞、第9回日本児童文学者協会新人賞を受賞。『ミラクル・ファミリー』（講談社）で第45回産経児童出版文化賞フジテレビ賞を受賞。『牡丹さんの不思議な毎日』（あかね書房）で第54回産経児童出版文化賞大賞を受賞。『つづきの図書館』（講談社）で第59回小学館児童出版文化賞を受賞。『岬のマヨイガ』（講談社）で第54回野間児童文芸賞を受賞、2024年バチェルダー賞オナー選出。『帰命寺横丁の夏』（講談社）で2022年バチェルダー賞を受賞。近著に「モンスター・ホテル」シリーズ（小峰書店）、『人魚姫の町』、「竜が呼んだ娘」シリーズ（いずれも講談社）など。

装画・挿絵＊佐竹美保

1957年、富山県生まれ。「魔女の宅急便」シリーズ（3～6巻）（福音館書店）、「守り人」シリーズ（偕成社）、「ハウルの動く城」シリーズ（徳間書店）など、ファンタジー作品や児童書の分野で多くの装画・挿絵を手がけている。

竜《りゅう》が呼《よ》んだ娘《むすめ》3

魔女《まじょ》の産屋《うぶや》

2024年5月21日　第1刷発行

著　者　柏葉幸子《かしわばさちこ》

発行者　森田浩章

発行所　株式会社講談社

〒112-8001 東京都文京区音羽2-12-21

電話 編集　03-5395-3535

販売　03-5395-3625

業務　03-5395-3615

装　幀　岡本歌織（next door design）

印刷所　株式会社新藤慶昌堂

製本所　株式会社若林製本工場

本文データ制作　講談社デジタル製作

KODANSHA

N.D.C.913 319p 20cm ISBN 978-4-06-535543-5

本書は、朝日学生新聞社『竜が呼んだ娘　魔女の産屋』をもとに加筆・修正し、新装版として出版しました。